Paul Shipton, aufgewachsen in Manchester, hat mehrere Jahre als Englischlehrer und Lektor für Schulbücher gearbeitet. Heute lebt er in den USA. In der Fischer Schatzinsel ist von ihm bereits ein Insektenkrimi, ›Die Wanze‹ (Bd. 85 014), erschienen.

Ole Könnecke, Jahrgang 1961, wurde in Göttingen geboren. Er studierte Germanistik und begann nebenbei mit dem Zeichnen. Inzwischen hat er nicht nur zahlreiche Kinderbücher anderer Autoren illustriert, sondern auch eigene veröffentlicht.

Drei auf der Flucht. Der junge Affe Gis lebt wohl behütet mit seiner Affensippe im Zoo. Er ist fürchterlich neugierig und macht sich seine eigenen Gedanken über die Welt. So möchte er nur zu gerne wissen, was sich hinter dem Zaun ihres Geheges befindet und wie die Welt der Menschen aussieht, von der er schon viel gehört hat. Eines Tages kommt ein neuer Affe zu ihnen: Skink. Furcht- und respektlos bringt Skink das geordnete Zusammenleben der Affen durcheinander. Und als Skink heimlich einen Ausflug in die Welt hinter dem Zaun plant, schließen sich ihm Gis und sein Freund Schimmie begeistert an. Ein turbulentes Abenteuer beginnt …

Paul Shipton

Drei auf der Flucht

Ein Affenabenteuer

Aus dem Englischen
von Andreas Steinhöfel
Mit Bildern von Ole Könnecke

Fischer Taschenbuch Verlag

Fischer Schatzinsel
Herausgegeben von Markus Nissen

Der Autor dankt
den Mitarbeitern des Whipsnade Wild Animal Parks,
besonders Margaret Williams, und den Mitarbeitern des
Woburn Safari Parks, besonders Debbie Porter,
für ihre Hilfe. Die Ereignisse und Schauplätze
in diesem Buch beschreiben diese Parks
in keiner Weise.

Veröffentlicht im Fischer Taschenbuch Verlag GmbH,
Frankfurt am Main, März 1999

This translation of ›The Mighty Skink‹ originally published
in English in 1996 is published by arrangement with
Oxford University Press.
Diese Übersetzung von ›The Mighty Skink‹, ursprünglich 1996
auf Englisch erschienen, wird mit freundlicher Genehmigung
von Oxford University Press veröffentlicht.

Gesamtherstellung: Clausen & Bosse, Leck
Printed in Germany
ISBN 3-596-85035-5

Nach den Regeln der neuen Rechtschreibung

Für meine Mutter und meinen Vater

1

Ich erinnere mich an den Tag, an dem Skink bei uns ankam, als wäre es erst gestern gewesen. Ich erinnere mich deshalb so gut daran, weil es der Tag war, an dem die Dinge sich für immer ändern sollten.

Den ganzen Morgen hatte ich damit zugebracht, mich durch die äußeren Äste des *Großen Baums* zu schwingen. Auf der ganzen Welt war das mein Lieblingsplatz. Zwischendurch ließ ich immer wieder einen mächtigen Juchzer los, ungefähr so:

JI-PIEHHHHH! JI-PIEHHHHHHH!

Ein Jipieh genau richtig hinzukriegen ist gar nicht so einfach, wisst ihr. Man muss es von tief unten aus dem Bauch aufsteigen und sich dann irgendwie in der Kehle zusammenballen lassen, damit es lauter und lauter wird, bis es dann zum Ende hin in dem -IEHHHH ganz hoch wird.

Dass jetzt aber bloß niemand glaubt, ich hätte da oben nur meine Jipieh-Schreie üben wollen.

Ich wollte ernsthaft nachdenken, und das ist unten auf dem Boden, wo der Rest des *Stammes* herumschnattert und einen Höllenlärm verursacht, einfach unmöglich. Deshalb ist der *Große Baum* auch so wunderbar – man klettert einfach hinauf und schon hat man das Gefühl, allein auf der Welt zu sein. Noch besser ist der großartige Blick auf die Welt jenseits des *Geheges*, den man von dort oben hat. Deshalb kletterte ich ab und zu auf meinen Ast und verbrachte Stunden damit, einfach nur über den *Zaun* zu schauen.

Schimmie sagt immer, ich würde zu viel nachdenken. Er ist mein bester Freund – auch wenn ich das ihm gegenüber nie zugeben würde. Er behauptet, zu viel Nachdenken würde das Gehirn aufbrauchen und ich würde als verrückter alter Affe enden, zu dumm, mir eine Banane zu schälen. Hah!

Mir war das egal. Ich schwang mich einfach gern da oben durch die Äste und sah über den *Zaun*. Ich hatte die Löwen im *Gehege* nebenan gut im Blick und ich konnte die grazilen Silhouetten der Giraffen in der Ferne erkennen. Natürlich gab es auch jede Menge andere Tiere, die ich beobachtete und über die ich nachdachte und so weiter, aber das interessierte mich nicht wirklich. *Wirk-*

lich interessierte mich nur, was jenseits der anderen *Gehege* lag. Also, dort draußen. Ich dachte so oft darüber nach, dass es im Inneren meines Kopfes zu jucken begann. *Wie ist es wohl da draußen … im Land der Menschen?* Ich wusste, ich würde den alten Graurücken dazu überreden müssen, mir noch einmal die Geschichten zu erzählen, die von der Welt da draußen handelten.

Plötzlich riss mich dieses scheppernde Geräusch aus meinen Gedanken. Natürlich wusste ich, was das bedeutete – dieses Geräusch kann man unmöglich verwechseln. Der bewegliche Abschnitt des *Zauns* schob sich mit metallischem Kreischen zur Seite. Das konnte nur eines bedeuten: Die *Wärter* ließen jemanden zu uns. Menschliche Besucher! Fantastisch! Ich ließ mich an einem Arm vom Ast baumeln und schaute in die Richtung, in der die Menschen sich auf das *Gehege* zubewegten.

Wie immer steckten sie in einem dieser Auto-Dinger. Es schob sich durch die Lücke im Zaun, vor der ein *Wärter* Wache stand. Das ließ der Rest des *Stammes* sich natürlich nicht entgehen. Alle beobachteten das Auto und kreischten und heulten dabei wie verrückt. Ich ließ mich zu Boden fallen – PLOCK! – und schoss auf das Auto zu, das inzwischen stehen geblieben war. Ein Haufen anderer junger Affen preschte in dieselbe Richtung – ich schätze, wir waren etwa zu fünft, jeder aus einem anderen Teil des *Geheges* –, unter ihnen Schimmie. Der kleine Affe kicherte, als wäre er ein bisschen durchgedreht, was er ja auch ist. Als er mich bemerkte, grinste er, legte sein kleines Affengesicht in Falten und hoppelte noch etwas schneller.

»Hey, Flohgesicht!«, rief er mir zu. Er nennt mich immer Flohgesicht oder so ähnlich und nie bei meinem richtigen Namen, Gis. »Wer zuletzt ankommt, ist ein Dumme-Nuss-Kopf!« Sein Kichern wurde um einige Töne schriller. Ich legte noch einen Zahn zu. Schimmie war näher am Auto, aber ich war schneller und erreichte es als Erster. Ich sprang auf das große, abgeflachte Vorderteil und sah mir die darin sitzenden Menschen gründlich an.

Sie waren zu viert, und alle trugen sie dieses komische Zeug, mit dem Menschen sich so gern bedecken – ihr wisst schon, *Kleidung*. (Weiß jemand, wozu die gut sein soll? Ich meine, gibt es darunter irgendwas zu verstecken?) Die ausgewachsenen Menschen saßen vorn. Die *Frau* hielt eine Art großes Rad fest und der *Mann* saß einfach so da und sah komisch aus mit diesem haarlosen Gesicht, wie alle Menschen es besitzen. Ihr Nachwuchs – zwei Junge – saß hintendrin und starrte uns an, die beiden kicherten wie Schimmie, der jetzt ebenfalls auf das Auto gesprungen war und neben mir herumhampelte. Die drei anderen Affen saßen auf dem Autodach und kratzten sich fast die Köpfe ab.

Nachdem ich mir die Menschen lang genug angesehen hatte, machte ich das, was auch die übrigen Affen taten. Soll heißen, ich hüpfte und hampelte und wirbelte ebenfalls auf dem Dach herum. Das taten wir jungen Affen immer, wenn ein Auto ins *Gehege* kam. Es wird geradezu von uns *erwartet.* Der *Legende* von unseren Ursprüngen nach steckt hinter diesem Herumgetanze die Idee, dass wir den Menschen auf diese Weise dafür danken, dass sie uns füttern und dass sie uns den *Zaun* gegeben haben und so weiter. Dies ist die *Legende*, die ich Wort für Wort auswendig kenne, weil ich sie mir ungefähr acht Millionen Mal anhören musste, als ich noch ganz klein war:

Vor langer, langer Zeit, als der Weltwald *noch jung war, lebten alle Tiere nebeneinander. Der Affe lebte Seite an Seite mit allen anderen Krea-*

turen. Doch nicht alles im Wald *stand zum Besten – von vielen Tieren wurde der Affe, der als besonders schmackhaft galt, gejagt und verspeist. Der arme alte Affe lebte in einer Welt gieriger Mäuler.*

Doch der Mensch, das oberste und vornehmste und weiseste aller Tiere, zeigte Mitleid mit dem Affen. Er sagte, der Affe würde ihn auf seltsame Art an sich selbst erinnern. Und so erschuf er den Zaun, *und er versah ihn mit der Kraft der* Elektrizität. *Dann setzte er den Affen hinter den Zaun und verfügte, dass er dieses* Gehege *niemals verlassen sollte. Der* Mensch *würde uns Futter bringen und für unsere Sicherheit sorgen. Hier drinnen waren wir frei, geschützt vor den Mäulern und Klauen der anderen Tiere – nur der* Mensch *würde uns hier besuchen.*

Und deshalb tanzen wir den Menschen zu Ehren, wann immer sie uns in ihren Autos besuchen, und danken ihnen für den Zaun.

Jedenfalls lautet so die *Legende*. Besonders viel Ahnung habe ich nicht von diesen Geschichten. Ich weiß nur, dass es riesigen Spaß macht, auf den Autos herumzuturnen.

Ich hüpfte also dort herum, vorn auf dem Auto. Und wollte gerade diesen wirklich komplizierten

Trick vorführen, bei dem man sich auf der Stelle dreht und versucht, seinen eigenen Schwanz zu erhaschen, als plötzlich ein weiterer Affe neben mir auftauchte. Es war Blok! Er war der größte unter uns Affen des *Zweiten Ranges*, was bedeutet, dass er der größte all jener Affen war, die noch nicht alt genug waren, um in den *Rat der Herrscher* aufgenommen zu werden. Blok grunzte und versetzte mir mit einer seiner riesigen fetten Pranken einen schwungvollen Schlag auf den Kopf. Der Schlag fiel etwa dreitausendmal heftiger aus als nötig, aber Blok wollte klarstellen, wer hier der ranghöchste Affe war – nämlich *er*.

»Damit du weißt, wo du hingehörst, Gis«, sagte er und er sagte es irgendwie höhnisch, damit es bloß richtig gemein und stark klang. Dann nahm er den besten Platz auf dem Auto für sich in Anspruch – genau vor dem Durchguck-Ding, hinter dem die Menschen saßen und wo bis zu diesem Moment ich gestanden hatte.

Ich tat so, als würde mir das alles nichts ausmachen, obwohl mein Kopf höllisch wehtat, ungelogen. Ich sprang auf das Dach und von dort auf den hinteren Teil des Autos, um zu untersuchen, ob es dort etwas zum Abknibbeln für mich gab. Da war aber nichts. Ich ließ ein Jipieh los, aber jetzt war ich nicht mehr richtig bei der Sache. Dann fiel mir das Schildchen auf, das an der Rückseite des Autos angebracht war: schwarze und rote Schnörkel auf weißem Grund, das, was die Menschen *Schrift* nennen, was auch immer *das* nun wieder sein mag. Das Schildchen sah so aus:

I ♡ BRODER ZOO

Was sollte das heißen? Ich hatte nicht den Schimmer einer Ahnung, aber auf gewisse Weise hatte es etwas Geheimnisvolles und Wunderbares an sich. Ich fuhr die Schnörkel mit meinem Finger nach.

Genau in diesem Moment gab das Auto ein neues Geräusch von sich. Das bedeutete, dass es sich gleich wieder in Bewegung setzen würde, und genau das tat es auch. Schimmie, der ein Angstaffe ist, auch wenn er immer so tut, als wäre er keiner, kreischte und sprang zu Boden. Die drei Affen auf dem Autodach taten es ihm gleich. Aber ich fand dieses Schildchen so interessant, dass ich länger herumtrödelte, als gut für mich war. Das Auto wurde schneller, denn als ich nach unten sah, huschte der Boden nur so unter mir her. Das war der Moment, in dem ich absprang.

Und beim Aufprall auf dem Boden fiel mir auf, dass ich länger als Blok auf dem Auto geblieben war. Ups! Das war schlecht.

Wenn man etwas über den *Stamm* wissen muss, dann, dass hier jeder seinen Platz in der Rangordnung kennt. Die erwachsenen Affen des *Ersten Ranges* stehen ganz oben, was bedeutet, dass sie sich als erste am Futter bedienen und sich ihren Schlafplatz aussuchen können und so weiter. Dann kommen wir – der *Zweite Rang* –, also die Affen, die im *Rat* noch nichts zu sagen haben. Zum *Dritten Rang* gehören alle anderen – also die sehr alten und die ganz jungen Affen und so weiter. Die *Regeln* schreiben streng und eindeutig vor, wie man sich zu verhalten hat, und einen Affen zu beleidigen, der im Rang über einem steht, ist so ungefähr das Schlimmste, was man machen kann.

Aber genau das hatte ich getan.

Denn innerhalb des eigenen Ranges hat man seinen Platz zu kennen und Respekt zu zeigen. Tja, und Blok war nun mal der *Großaffe* unseres Ranges und damit stand er über mir. Und mal angenommen, wir sind beide hinter demselben

Stück Futter her, dann bedeutet *das,* dass ich Blok den Vortritt lassen muss. Es bedeutete auch, dass ich mich, als wir auf dem Auto der Menschen herumsprangen, dort nicht länger aufhalten durfte als Blok. So waren die *Regeln* und sie zu brechen war dasselbe wie eine Kampfansage an Blok.

Deshalb warf der große Affe mir einen bitterbösen Blick zu und ein plötzliches Gefühl der Angst drückte mir die Eingeweide zusammen. Es schien mir am klügsten, mich schnellstmöglichst aus dem Staub zu machen, bevor Blok auf die Idee kam, zu mir hinüber zu kommen, also trollte ich mich durch die Büsche. Schimmie folgte mir.

Auf der anderen Seite blieben wir stehen. Ich sah mich ängstlich um, aber Blok hatte sich nicht die Mühe gemacht, uns nachzulaufen. Er wusste, dass er sich alle Zeit der Welt lassen konnte. Schimmie und ich standen jetzt direkt neben dem *Zaun.* Natürlich fassten wir ihn nicht an – so dumm waren wir nun wirklich nicht. Wir beide wussten, welch mächtige Kraft der *Zaun* beherbergte. Wir saßen einfach da und sahen dabei zu, wie das Auto sich in Richtung der *Wachstube* davonbewegte. Dort hielt sich immer mindestens ein *Wärter* auf, um sicherzugehen, dass keiner von uns auf einem Auto sitzen blieb. Eine unnötige

Sorge – jeder weiß, dass so etwas gegen die *Regeln* verstößt. Dann verließ das Auto das *Gehege* und verschwand, wohin auch immer. Ich sah ihm nach, bis es nur noch ein kleiner roter Punkt vor den Giraffenwiesen war.

»Was meinst du, was dort draußen wohl sein mag?«, fragte ich endlich Schimmie.

»Wo draußen?« Schimmie grinste und entblößte dabei all seine Zähne, dann machte er einen Rückwärtssalto – für mich ein Zeichen dafür, dass er über diese Frage noch nie richtig nachgedacht hatte.

»Du weißt schon, hinter dem *Zaun.*«

Schimmie überlegte eine Weile, richtig angestrengt diesmal, was man an den beiden kleinen senkrechten Falten erkennen konnte, die auf seiner Stirn erschienen. Endlich sagte er: »Zeugs.«

»Was für Zeugs?«

Schimmie zuckte die Achseln, auf diese für ihn typische Art. »Du denkst viel zu viel nach – wen kümmert's schon, was da draußen ist? Du denkst *zu viel* nach und du denkst die *falschen* Sachen …« Dann sah er mich listig an. Ich wusste genau, was dieses kleine Grinsen bedeutete. Schimmie hatte mir etwas mitzuteilen.

»Was ist los, du Knallkopf?«, fragte ich höflich.

Schimmie ließ seinen Schwanz hin und her sausen, ganz wie ein Alter, und singsangte: »Ich weiß was, ich weiß was …« Seit wir beide als kleine Babys auf den Rücken unserer Mütter durch die Gegend getragen worden waren, war das Schimmies Art, mir etwas mitzuteilen. Manchmal musste ich darüber lachen und manchmal trieb es mich in den Wahnsinn … so wie heute.

»*Was* weißt du?«, drängte ich. Ich pflückte einen Floh von meinem Kopf und steckte ihn mir

in den Mund. Es war einer von den richtig guten – schön knusprig, wie ich sie am liebsten mag.

Schimmie grinste immer noch. Ich ließ ihm den Spaß, auf seinem Geheimnis herumzukauen. Lange würde er es sowieso nicht aushalten.

»Heute kommt ein neuer Affe an«, sagte er endlich und drückte dabei stolz seine kleine, behaarte Brust nach vorn. »Soll heute Nachmittag ankommen.«

Jetzt strahlte Schimmie über das ganze Gesicht. Das waren tatsächlich große Neuigkeiten. Ich konnte mich nicht erinnern, wann zum letzten Mal ein Affe von der anderen Seite des *Zauns* zu uns gekommen war. Ich war mir nicht einmal sicher, ob es *überhaupt* je vorgekommen war.

»Woher weißt du das?«, fragte ich ihn.

Schimmie zuckte die Achseln. »Also, ich hing da, du weißt schon, ein bisschen drüben bei den Felsen rum.« Ja, ich wusste – die Felsen waren der Versammlungsort des *Ältestenrats*, der unseren *Stamm* anführte. Uns jungen Affen war ausdrücklich verboten, dort herumzulungern, was aber Schimmie nicht davon abhielt, ab und zu ein wenig zu lauschen.

»Nur ein bisschen rumgehangen und ein kleines Öhrchen riskiert, was?«

Ein weiteres Achselzucken. »Jedenfalls hab ich gehört, wie Kalibak dem *Rat* davon berichtet hat.«

Kalibak war der größte und stärkste aller Affen, und das machte ihn, was kaum überrascht, zu unserem *Stammesobersten*. Seines und das Wort des *Ältestenrats* war Gesetz. Jeder wusste, dass man Kalibak besser nicht in die Quere kam. Schimmie war ein großes Risiko eingegangen.

»Ich versteh's nur nicht. Was passiert denn, wenn ein neuer Affe ankommt?«, fragte er mich.

Ich hatte keine Ahnung, aber ich hatte eine Idee, wer sie haben könnte. »Graurücken«, sagte ich.

2

Ich dachte, der Nachmittag würde niemals kommen. Aber schließlich öffnete sich das Tor, die *Wärter* fuhren mit dem großen Auto, das sie *Jeep* nennen, ins Gehege und begannen an allen Ecken und Enden Futter zu verteilen. Wie üblich wurde das vom *Stamm* mit großem Geschrei begrüßt, ringsum ließen alle sich wie Fallobst von den Bäumen plumpsen und schlugen sich die Bäuche voll. Wir bildeten keine Ausnahme. Schimmie stopfte so viele Weintrauben in sich hinein, dass ihm fast die Backentaschen platzten, und schaufelte gleich noch eine Ladung hinterher. Meine Blicke wanderten über das *Gehege* und suchten nach Graurücken.

Er war drüben auf der Ostseite, wo er sich langsam über den Boden bewegte und dabei blinzelte, als ob er sich nicht ganz sicher wäre, was nun Erde und was Futter sei. Seine Augen waren nicht mehr besonders scharf.

Ich lief zu ihm. »Graurücken«, sagte ich, »ich

hab dir was mitgebracht.« Ich hielt ihm den Maiskolben dicht unter die Nase, damit er erkennen konnte, was es war.

Der greise Affe hob den schütteren, vom Alter grau gefärbten Kopf. Er lächelte. Mais war sein Lieblingsfutter.

»Bist ein gutes Jungchen, Gis.«

Es war eine seltsame Vorstellung, dass auch Graurücken irgendwann jung gewesen war, stark und strotzend vor Gesundheit und all das. Inzwischen war er so alt und schwach, dass er nicht einmal mehr auf einen Baum klettern konnte, und daher gehörte er in die *Dritte Rangordnung*. Damit war er, wie alle alten oder kranken Affen, auf das Fressen angewiesen, das von den anderen verschmäht wurde – das miese Zeug, Rosenkohl zum Beispiel. Ein Maiskolben war für ihn ein richtiges Festmahl.

Es machte mir Spaß, ihm jeden Tag eine kleine Leckerei zu bringen. Vor vielen Jahren, nachdem meine Eltern von mir gegangen waren – eine nette Umschreibung dafür, dass sie *gestorben* sind, und zwar an der Grippe – hatte Graurücken sich meiner angenommen.

Jetzt verdrückte er unter genüsslichem Schmatzen den Maiskolben. Ich ließ ihn in aller Ruhe

fressen, womit ich sagen will, dass ich ihn nicht mit acht Millionen Fragen nervte, während er zugange war, obwohl ich nichts sehnlicher wollte als das.

Als er fertig war, musterte er mich aus seinen bläulichen, verhangenen Augen. »Also dann … Was gibt's Neues, Sonnenscheinchen?«

»Ach, dies und das, du weißt schon«, sagte ich achselzuckend. Was keine besonders aufschlussreiche Antwort war, daher fügte ich hinzu: »Ich hab nachgedacht.«

Graurücken schüttelte lächelnd den Kopf. »Du kannst es wohl einfach nicht lassen, Gis. Verschwendest deine Zeit immer noch mit den *Großen Fragen*, auf die du nie eine Antwort finden wirst …«

So wurden sie von Graurücken immer genannt – meine *Großen Fragen*, Fragen wie: Waren die *Regeln* schon immer dieselben? Wer hat sie aufgestellt und warum? Und natürlich die größte aller *Großen Fragen*: Wie ist es da draußen, hinter dem *Zaun*?

Wenn ich ihn nach solchen Dingen ausquetschte, gab Graurücken sich alle Mühe, ernst und abweisend zu wirken. In Wirklichkeit, das wusste ich, machten meine Fragen ihm nichts aus, im Gegenteil. Es gab sogar eine ganz bestimmte Geschichte, die er besonders gern erzählte, auch wenn er das niemals zugegeben hätte.

»Erzähl's mir, nur noch ein einziges Mal«, bat ich ihn. »Erzähl mir die Geschichte von dem Affen, der es nach draußen geschafft hat ...«

Graurücken stieß einen langen Seufzer aus, so eine Art *phhhhh,* als hätte er keine Lust dazu. Natürlich machte er mir nur etwas vor, denn er liebte nichts mehr, als von den guten alten Zeiten zu erzählen. Nachdem er sich lange genug künstlich geziert hatte, erzählte er mir endlich die Geschichte:

»Also, die ganze Sache ist sehr lang her, verstehst du. Damals war das Leben hier noch anders. Ich war ein junger Bursche, kaum größer als du, und unser *Anführer* war ein rechtschaffener Kerl, nicht irgendein Großmaul, das meinte, den ganzen *Stamm* herumscheuchen zu können.« Er blinzelte mir zu, und ich wusste, dass Graurücken damit auf Kalibak anspielte, von dem er keine allzu hohe Meinung hatte. »Damals war der *Zaun* längst nicht so mächtig wie heute und im *Gehege* nebenan lebten Antilopen anstelle der Löwen. Na ja, jedenfalls gab es da diesen halsstarrigen jungen Affen aus unserer *Rangordnung*, der davon träumte, die Welt jenseits des *Zauns* zu sehen. Also knobelte er eines Tages einen Plan aus, wie er das anstellen wollte.«

»Was für einen Plan?«, flüsterte ich ehrfürchtig.

»Keine Ahnung«, antwortete der alte Affe. »Ich weiß nur, dass es funktionierte und dass der Affe es auf die andere Seite des *Zauns* schaffte. Und da sah er sich erst mal in aller Ruhe die anderen Tiere in ihren Gehegen an – die Nilpferde und die Zebras und die Giraffen. Und dann ging er weiter … nach draußen, in die Welt der Menschen.«

Ich beugte mich vor. Jetzt kam meine Lieblingsstelle.

»Weit kam er nicht, denn schließlich wurde er eingefangen«, fuhr der alte Affe fort, »aber als er zurückkehrte, brachte er die erstaunlichsten Geschichten von draußen mit – die Menschen waren überall und sie bevölkerten riesige Gebäude. Die Straßen waren gigantisch, nicht so mickrig wie der kleine Pfad, der hier hindurchführt, und da brausten sie mit ihren Autos drüber …«

»Und andere Tiere?«

»Hat er kaum gesehen. Er sagte, manchmal würden Hunde die Menschen begleiten, aber die Hunde trugen etwas um ihren Hals, damit die Menschen sie unter Kontrolle behalten konnten.«

»Wahnsinn!«, keuchte ich. Es war schwierig, sich das auch nur ansatzweise vorzustellen – *da draußen*.

»Hast du dir nie gewünscht, das auch alles zu sehen?«, fragte ich. »Herauszufinden, was hinter dem *Zaun* liegt?«

Graurücken steckte sich einen Finger in den Mund und pulte nach einem Maiskorn, das zwischen seinen Zähnen steckte. »Nee ...«, sagte er. »Es gibt eine Menge wichtigerer Dinge, über die man nachdenken sollte. Das gilt auch für dich ...«

Jetzt hielt ich es nicht länger aus. »Ein neuer Affe kommt ins *Gehege* - heute!«, stieß ich aus. Graurücken nickte, als wüsste er bereits alles darüber, obwohl ich mir nicht vorstellen konnte, woher.

»Hat es das jemals zuvor gegeben?«, schnatterte ich. »Ein neuer Affe?«

Der alte Graurücken schüttelte nur den Kopf, auf diese nachdenkliche Art, auf die er immer den Kopf schüttelte.

»Solange ich mich erinnern kann nicht«, sagte er, und ich wusste, dass das eine *lange* Zeit bedeutete – Graurücken war der älteste Affe des gesamten *Stammes*. Einmal, vor langer Zeit, war er sogar *Anführer* gewesen. Aber das war, bevor er alt und schwach und tatterig geworden war – bevor der junge, starke Kalibak ihn vom Thron gestoßen und als *Stammesführer* abgelöst hatte.

Das mächtige Brüllen eines Löwen aus dem Gehege nebenan ließ mich zusammenzucken. Ich sah mich um. In der Ferne lagen die großen, trägen Raubkatzen herum wie immer. Ein weiterer Löwe brüllte, halb gelangweilt, halb gähnend. Ich war froh, dass die beiden *Zäune* zwischen uns lagen. Graurücken zuckte nicht einmal mit der Wimper.

»Aber was ist«, setzte ich an, »wenn der neue Affe hier ankommt und …«

Ich kam nicht dazu, meine Frage zu beenden, denn genau in diesem Moment rumpelte erneut der Wagen der *Wärter* ins *Gehege*. Etwas befand sich auf der Ladefläche, aber diesmal war es kein Futter. Es war ein Kasten. Einer der *Wärter* hielt ihn aufrecht, während der Jeep über den steinigen Untergrund holterte und polterte.

Sie hielten drüben beim Schlafhaus, wo all diejenigen Affen übernachten, die ihre Nickerchen nicht gern auf den Bäumen halten. Einer der Menschen öffnete die Tür aus Maschendraht, mit der der Kasten verschlossen war. Ich beobachtete jede noch so kleine Bewegung und bemerkte, dass ich die Luft anhielt. Es dauerte eine Weile, bis ein schmächtiger Arm aus dem Kasten gestreckt wurde. Ihm folgte der übrige Körper des Affen.

»Was geht da vor?«, sagte Graurücken. Mit seinen alten, kurzsichtigen Augen konnte er auf diese Entfernung nicht erkennen, was geschah.

»Das ist der neue Affe, er ist angekommen!«, sagte ich. »Ein ziemlich schmächtiges Kerlchen.« Es stimmte – der Neuankömmling sah nicht besonders beeindruckend aus, zumindest nicht auf diese Distanz. Er war vielleicht ein bisschen größer als Schimmie, aber nicht so groß wie ich (und ich bin nicht besonders groß für einen Affen des *Zweiten Rangs*).

Der Jeep rumpelte davon und ließ den Neuankömmling zurück, klein und allein. Nicht dass es ihm etwas auszumachen schien. Ganz im Gegenteil. Er sah sich langsam um. Dann bog er seinen Rücken durch, streckte sich, als wäre er eben erst aufgewacht, und gähnte dabei.

Klar, dass ich es kaum abwarten konnte, mit dem Neuen zu reden, aber ich wusste, dass ich zu warten hatte. Niemand würde sich ihm nähern dürfen, bevor nicht Kalibak und der *Rat* mit ihm gesprochen hatten. Das waren die *Regeln* (und ich war ganz und gar nicht in der Stimmung, sie heute zum zweiten Mal zu brechen).

Da trollte auch schon ein ausgewachsener Affe aus dem *Ersten Rang* auf den Neuankömmling zu. Ich schilderte Graurücken, was geschah.

»Der wird ihm sagen, dass der *Rat* mit ihm sprechen will«, sagte ich zu dem alten Affen. Ich sah hinüber zu den Felsen, wo Kalibak und sein *Rat* schweigend warteten. Wie sie dort alle auf den Felsen saßen, sahen sie aus wie … na ja, wie ein paar Affen, die auf ein paar Felsen saßen, schätze ich, nur dass das Ganze irgendwie auch ein wenig unheimlich aussah.

Kalibaks Bote sagte irgendwas – keine Ahnung, worum es ging – und plötzlich grinste der Neue breit, warf den Kopf in den Nacken und lachte lauthals. Der Bote lachte nicht. Dann nickte der Neue und folgte ihm zu den Felsen, wo der *Rat* ihn erwartete.

»Stell dir das bloß mal vor«, sagte ich. »Der kommt von der *anderen Seite* des *Zauns*. Er war da draußen. Er weiß, wie es dort ist.«

»Siehst du, genau das meine ich, Gis«, sagte Graurücken. »Immer rennst du den *Großen Fragen* hinterher. Schlag dir das endlich aus dem Kopf.«

Das war schön und gut – aber wie sollte ich das anstellen?

Es kam mir so vor, als würden Kalibak und der *Rat* sich eine Ewigkeit mit dem Neuen unterhalten. Ich konnte an kaum etwas anderes denken und der Nachmittag vertröpfelte endlos langsam, Sekunde um Sekunde. Noch schlimmer wurde die ganze Angelegenheit, als ein paar fette Spielverderber-Wolken die Sonne beiseite schoben und Wind aufkam. Er brachte den Draht des *Zauns* zum Schwingen und Summen, es klang wie ein *Vvvvmmmm*, was sich ganz hübsch anhört, bis einem einfällt, was dieses Summen verursacht.

Ich saß am Rande des Weges, der sich durch das *Gehege* schlängelt. Mein Blick war fest auf die Felsen gerichtet, wo der *Rat* noch immer den neuen Affen ausfragte. Neben mir hockte Schimmie. Hin und wieder rupfte er ein Grasbüschel aus, um es mir an den Kopf zu werfen. Er konnte gut zielen und ich war mit meinen Gedanken ganz woanders, um ans Ausweichen zu denken.

»Also, was meinst du, Bananenschalen-Kopf?«, fragte Schimmie endlich.

»Zu dem neuen Affen?«

Schimmie schnaubte, als hätte ich etwas Witziges oder so gesagt.

»Also, was meinst du denn, was ich dazu meinen sollte, du Schlaukopf?« Ich fand, dass es genau der passende Zeitpunkt für eine kleine Kitzeleinlage war. Und dass ich genau der richtige Affe war, um sie Schimmie zu verabreichen. Ich wollte schon nach ihm packen, als ich bemerkte, dass aus irgendeinem Grund das Grinsen aus seinem Gesicht verschwunden war und dass er nicht mehr mich ansah, sondern etwas *hinter* mir –

Das war der Moment, in dem sich eine schwere Hand auf meine Schulter legte. Ich drehte mich um und schon starrte ich in ein Paar böse funkelnder, dicht zusammenstehender Augen – Blok. Der große Affe entblößte seine Zähne.

»Wir haben noch eine kleine Rechnung offen, Gis«, sagte er.

Natürlich wusste ich, worauf er anspielte – auf das, was heute Morgen auf dem Auto passiert war, als ich die *Regeln* gebrochen und Blok beleidigt hatte, den *Großaffen* aus meiner *Rangordnung*. Jetzt würde ich dafür bezahlen müssen …

Mein erster Gedanke war, mich einfach aus dem Staub zu machen, aber ich wusste, dass mir das nicht helfen würde – Blok war schneller als man glaubte. Ich war mir nicht einmal sicher, ob ich schnell genug war, vor ihm davonzulaufen. Außerdem würde er mich früher oder später sowieso erwischen. Das würgende Gefühl der Angst kehrte in meinen Bauch zurück. Ich befahl meinen Beinen, das Zittern einzustellen, aber sie gehorchten mir nicht und bebten einfach weiter.

»Lass ihn in Ruhe, Blok«, sagte Schimmie. Es war nett von ihm, sich für mich einzusetzen, aber mir fiel auf, dass er sich schon in sichere Entfernung begeben hatte.

»Du hältst dich da raus, du Knirps«, knurrte Blok, ohne mich aus den Augen zu lassen. »Das geht nur Gis und mich etwas an …«

Eine Gruppe junger Affen scharte sich um uns – hier lässt sich keiner einen guten Kampf entgehen.

Ich öffnete meine Hände, wie um ihm etwas anzubieten, obwohl das Einzige, was ich anzubieten hatte, eine Erklärung war. »Hör mal, wegen heute Morgen, das war nur ein Versehen. Weißt du, ich wollte nur –«

Er wischte meinen Einwand mit einer Hand beiseite, als handele es sich dabei um eine lästige Fliege. »Mir völlig egal! Die *Regeln* sind die *Regeln* und es ist höchste Zeit, dass du lernst, wo dein Platz in der *Rangordnung* ist …« Er legte die Ohren an. Das bedeutete, dass er bereit zum Angriff war. Ich hatte keine Chance und machte mich auf das Schlimmste gefasst.

Doch das Schlimmste trat nicht ein, weil eine

unbekannte Stimme uns unterbrach: »Hey, Jungs, was geht denn hier ab?«

Wir wirbelten herum. Es war der neue Affe – der *Rat* musste mit ihm fertig sein. Er trollte auf uns zu und nibbelte dabei an einer Banane. Ich hatte mit meiner ersten Einschätzung richtig gelegen: Er war ein schmächtiger, abgemagerter kleiner Affe und noch dazu war sein Fell nicht gerade in bestem Zustand. Aber da war etwas in seinen Augen, an der Art, wie sie funkelten und leuchteten in einem ganz eigenen, grimmigen Licht – das klingt komisch, aber besser als ›grimmig‹ kann ich es nicht beschreiben – als ob er sich über einen Witz amüsierte, den außer ihm niemand sonst verstand.

»He, du bist der neue Affe!«, meldete sich Schimmie.

»Und da auf dir großem Kerl keine Fliegen

sitzen«, sagte der Neue, »musst du wohl der Anführer dieser Rasselbande sein.« Schimmie grinste breit. Der Neuankömmling nickte uns allen zu. »Ich bin Skink.«

»Was ist das denn für ein bescheuerter Name?«, fragte Blok, der noch immer in Kampfeslaune war. Er war längst an dem Punkt angelangt, an dem es ihm völlig gleichgültig war, mit wem er sich schlagen würde. Dieser verhungerte Neuzugang mit dem bescheuerten Namen war so gut wie jeder andere.

Doch der Neuankömmling ließ sich nicht aus der Ruhe bringen. »Der einzige, den ich habe«, sagte er mit einem freundlichen Lächeln. »Und wie heißt du?«

»Blok.«

»He-hee«, rief Skink, immer noch ganz entspannt und freundlich. »Und da behauptest ausgerechnet du, ich hätte einen bescheuerten Namen?«

Blok zwinkerte ein oder zwei Mal, bis ihm aufging, dass dieser ausgemergelte kleine Fremde ihn soeben beleidigt hatte. Er vergaß mich und machte einen Schritt auf den Neuankömmling zu. Ich ging dazwischen, bevor Blok seinen zweiten Streit des heutigen Tages beginnen konnte.

»Ich heiße Gis«, sagte ich, »und das da ist –«

»Schimmie«, piepste Schimmie.

Jetzt stellten sich auch die anderen Affen vor und für einen Moment glaubte ich tatsächlich, wir würden ohne einen Kampf davonkommen. Großer Fehler – denn im nächsten Augenblick rief der Affe, der sich Skink nannte: »Na dann … Wer ist hier in der Gegend der *Großaffe*?« Er hatte immer noch diesen kumpelhaften Ton drauf, als wüsste er nicht, dass er gerade dabei war, sich um Kopf und Kragen zu reden.

Blok richtete sich zu voller Größe auf. Der Neue sah völlig winzig neben ihm aus – Skinks Kopf reichte Blok gerade mal bis an die große breite Brust.

»Ich bin hier der *Großaffe*«, grollte Blok. Er spannte alle Muskeln an und zuckte mit dem Schwanz.

Skink zwinkerte uns Umstehenden freundlich zu.

»Jetzt nicht mehr«, sagte er.

3

»Der Kerl spinnt«, flüsterte Schimmie aus dem Mundwinkel. »Der *will* wohl sterben.«

Ich war mir da nicht so sicher. Na gut, Blok war der größere und, wie unschwer zu erkennen war, auch der stärkere der beiden. Und dennoch ... da war etwas an diesem Ausdruck in Skinks Augen, das mich sicher sein ließ, er könne es mit Blok aufnehmen. Und zwar spielend.

Über Skinks Gesicht huschte ein dunkler Schatten und für einen Moment glaubte ich, er würde sich auf den größeren Affen werfen. Doch der Moment war sofort wieder vorüber und zurück blieb das freundliche Grinsen.

»Pass mal auf«, sagte Skink. »Ich habe eine lange Reise hinter mir und mir ist nicht nach einer Schlägerei ...«

»Tatsächlich?«, antwortete Blok spöttisch und all seine Kumpane brachen in höhnisches Gelächter aus. »Hat unser Kleiner etwa das Muffensausen gekriegt?«

»Überhaupt nicht. Aber ich denke an eine andere Art von Herausforderung«, grinste Skink. »Eine Mutprobe, mit der ich sozusagen meinen Wert unter Beweis stellen könnte …«

Was meinte er damit? Selbst Bloks Neugier war geweckt: »Und was für eine Mutprobe soll das sein?«

Skink beugte sich zurück. »Na ja … Was macht ihr hier denn so, wenn ihr ein bisschen Spaß haben wollt?«

Blok gab keine Antwort. Für ihn war das, was er mit Skink vorhatte – nämlich ihn zu verprügeln –, genau die richtige Art, ein bisschen Spaß zu haben. Ich hielt es für höchste Zeit, mich einzumischen, also erklärte ich Skink, was wir taten, wenn die Menschen mit ihren *Autos* kamen.

»Aber sie steigen nie aus den Autos aus, oder?«, fragte Skink. In seinen Augen tanzten verschmitzte Flammen einen kleinen Tanz.

»Natürlich verlassen sie die Autos nicht!«, schnappte Blok. Er verlor langsam die Geduld und wenn Blok die Geduld verlor, ließ eine Prügelei nie lange auf sich warten. »Es sind *Menschen*! Sie kommen durch den *Zaun*, bleiben ein paar Minuten hier und hauen dann wieder ab. Das ist alles!«

Bloks Stimme hatte einen wütenden Unterton angenommen, aber Skink nickte nur freundlich, als wären die beiden alte Freunde, die einen kleinen Plausch miteinander hielten, während sie nebenher ein oder zwei Bananen verputzen.

»Also gut«, sagte er endlich, »wie wäre es dann damit als Mutprobe: Bevor der Nachmittag vorbei ist, werde ich dafür sorgen, dass einer der Menschen sein Auto verlässt.«

»Das schaffst du nicht!«, schnaubte Blok. »Das schaffst du niemals, es ist unmöglich, das ist –«

»Heißt das, dass du die Herausforderung annimmst?«, unterbrach ihn Skink.

Blok blitzte ihn nur an.

»Hat unser Großer etwa Muffensausen gekriegt?«, strahlte Skink.

Ich hörte, wie Schimmie ein kleines Keuchen entfuhr, eine Art *eech!* Niemand nannte Blok ungestraft einen Feigling.

»Ich nehme an!«, schnarrte Blok endlich. Dann schob er sein Gesicht so nahe vor das von Skink, dass sich beinahe ihre Nasen berührten. »Und wenn der Nachmittag vorüber ist und du versagt hast ... dann gehörst du *mir*!«

Damit wirbelte er herum und trollte zu den Bäumen auf der anderen Seite, begleitet von seinen drei Kumpanen. Wir sahen ihnen nach, wie sie davonstolzierten.

»Netter Typ«, meinte Skink und blinzelte uns zu.

Schimmie ließ ein Kichern hören. Ich beschloss, den Neuankömmling in ein oder zwei Dinge einzuweihen, bevor er noch mehr Fehler machte.

»Lass dich nicht täuschen«, sagte ich. »Blok ist groß und nicht besonders helle, aber er kann sehr gefährlich sein. Er ist der Neffe unseres *Anführers* Kalibak und er ist der *Großaffe* der *Zweiten Rangordnung*. Und das bedeutet, dass er eines Tages, wenn er alt genug und einen Rang aufgestiegen ist, wahrscheinlich *Anführer* unseres *Stammes* sein wird. Mit so jemandem sollte man es sich nicht verscherzen.«

Skink knabberte an seiner Unterlippe. »Vielen Dank«, murmelte er, »aber mach dir um mich keine Sorgen. Ich kann auf mich selbst aufpassen. Und was das ›eines Tages‹ angeht ...«

Was er sagen wollte, blieb ungesagt. Er sprang auf die Füße. »Also, werdet ihr Jungs mir dabei helfen, die Mutprobe zu bestehen?«

Schimmie hoppelte aufgeregt von einem Fuß auf den anderen, als müsse er mal ganz nötig in die Büsche. »Tja, also ...« So ist Schimmie – eine große Klappe, aber nichts dahinter, wenn es darauf ankommt.

Ich selbst fand, dem Neuen etwas schuldig zu sein. Schließlich hatte er Blok daran gehindert, eine Schlägerei mit mir vom Zaun zu brechen – eine Schlägerei, die ich todsicher verloren hätte.

»Was können wir für dich tun?«, fragte ich.

Skink grinste. »Für den Anfang könntest du diese Banane nehmen …«

Als alles vorbereitet war, pflanzten wir uns einfach an den Rand der durch das *Gehege* führenden Straße und warteten. Wenn das Wetter so schlecht war wie heute, kamen nur selten Menschen ins *Gehege*. Keine Ahnung, warum das so war.

Natürlich machte mir die Warterei nichts aus. Ich hatte eine unendlich lange Liste von Fragen im Kopf, die ich stellen wollte.

»Also, wo bist du bis jetzt überall gewesen?«, fragte ich.

»Oh, an allen möglichen Orten.«

Und alle liegen sie auf der anderen Seite des Zauns!, fügte diese kleine Stimme in meinem Kopf hinzu.

»Zum Beispiel?«

»Ach, du weißt schon, überall und nirgends, mal hier und mal dort. Aber eines kann ich dir versichern, an einem Ort wie diesem war ich noch nie …«

»Wie meinst du das?«, fragte ich.

»Na ja, mit all diesen Tieren. Als sie mich herbrachten, habe ich mich gründlich umgeschaut. Von diesem *Gehege* aus sieht man längst nicht alles. Wir sind an ein paar Elefanten vorbeigekommen, die Baumstämme hochgehoben haben, und dann fuhren wir durch dieses Feld voller Zebras und Gazellen. Ich hab ein Schwimmbecken gesehen, in dem sich ein altes Nilpferd herumgewälzt hat.«

»Und was noch?«, fragte ich wissbegierig.

»Tja, lass mal sehen … Die Löwen kennst du ja schon, aber außerdem habe ich Emus, ein paar Geier und einige Giraffen gesehen. Ich glaube, es gibt sogar ein Reptilienhaus mit Schlangen und einem Krokodil …«

»Wirklich? Ein Krokodil?« Das war mir neu. Den *Legenden* unseres *Stammes* zufolge ist das Krokodil das gefährlichste und das weiseste aller Tiere zugleich … abgesehen von den Menschen natürlich. Die Geschichte lautet so:

Vor langer, langer Zeit, als die Tiere noch zusammenlebten, waren die Kreaturen dieser Welt von anderem Äußeren als heutzutage. Doch langsam veränderten sie sich – wer die Kälte bevorzugte, dem wuchs ein dichteres Fell; wer unerkannt bleiben wollte, der lernte sich durch Mimikry zu tarnen; den Jägern wuchsen schärfere Zähne und sie lernten, schnell zu laufen; die Gejagten lernten ebenfalls schnell zu laufen, um flüchten zu können. Natürlich war es der Mensch, der sich am meisten veränderte. Nur das Krokodil veränderte sich nicht – dazu bestand keine Notwendigkeit. Es fühlte sich wohl in den Flüssen, wo es alle Nahrung fand, die es brauchte, und so blieb es, wie es war. Es beobachtete lediglich, wie alles um es herum sich veränderte … und es vergaß nichts. Aus diesem Grund gilt das Krokodil als der größte Historiker unter den Tieren … so wie es auch als eines der gefährlichsten Tiere gilt.

Ich erzählte Skink diese Geschichte, und die ganze Zeit nickte er, als höre er sie zum ersten Mal, was vermutlich auch der Fall war.

Danach hatte ich den Eindruck, dass er sich nicht weiter unterhalten wollte. Das enttäuschte mich, aber ich nahm an, dass später noch Gelegenheit genug dazu sein würde. Also saßen wir einfach schweigend beisammen und lauschten dem Wind und dem Geschnatter des *Stammes*. Nach einer Weile begann Skink leise zu summen, ein Lied, das ich nie zuvor gehört hatte.

»Was ist das?«, fragte ich.

Ich glaube, er war sich dessen, was er da tat, gar nicht richtig bewusst. Doch dann räusperte er sich und sang dieses Lied zu der Melodie, die er gesummt hatte. Seine Stimme war laut und klar, und das Lied ging ungefähr so:

Ach, das Leben ist ein Rätsel
Es zu lösen einerlei
Doch der Affe, der begrüßt es
Mit Gesang und mit Geschrei
Darum denk an mich und beim letzten Schritt
Nimm zu Sim 'ne Banane für mich mit!

Es war ein schönes kleines Lied, aus dem ich eine tiefe Traurigkeit herauszuhören meinte, auch wenn ich sie nicht hätte benennen können.

»Wer ist Sim?«, wollte ich wissen.

Doch Skink schüttelte nur den Kopf. »Für Fragen ist keine Zeit«, sagte er und zeigte auf das Haus der *Wärter* nahe des *Zauns*. Ein Auto näherte sich dem *Gehege*. »Jetzt wird's lustig!«

Das Auto fuhr über das Gitter neben der Wachhütte und durchquerte dann langsam das kleine Areal, das uns als *Kein Affenland* bekannt war, weil die *Wärter* nicht zuließen, dass wir es betraten. Dann kam das Auto direkt ins *Gehege*.

»Seid ihr zwei bereit?«, erkundigte sich Skink mit auf und ab ruckendem Kopf. Das Auto kam näher – genau gegenüber der Wachhütte blieb es stehen. Ich konnte drei fleischige Menschengesichter sehen, die von innen gegen die Fenster drückten und die Affen beobachteten, die auf dem Dach der Hütte herumtollten.

»Gehen wir«, befahl Skink.

Wir huschten davon, geduckt und außer Sichtweite. Als wir beim Auto ankamen, sprang Schimmie auf dessen Vorderteil und fing damit an, so wie er es immer tat, herumzuwirbeln und seine entblößten Zähne zu zeigen. Das war seine

Aufgabe – die Menschen zu amüsieren und abzulenken. Skink und ich schlichen an der Seite des Autos entlang. Er zeigte auf eines der vier runden Dinger, von denen das Auto getragen wurde.

»Die nennt man *Räder*«, sagte er. »Und das Schwarze drumrum sind die *Reifen.*« Ich nickte, als hätte ich verstanden. »Und das hier ist deine Aufgabe«, fuhr Skink fort. Er löste ein winziges rundes Ding von einem der *Räder*. Dann drückte er mit einem langen Finger auf das darunter zu Tage gekommene Stäbchen. Der *Reifen* gab ein zischendes Geräusch von sich.

»Sie sind mit Luft gefüllt«, erklärte er. »Sonst können sie nicht funktionieren.« Wie zur Bestätigung seiner Worte veränderte der Reifen seine Gestalt. Eben noch war er fest und rund gewesen, doch jetzt, während die Luft aus ihm entwich, wurde er zerdrückt und flach.

Ich eilte zum nächsten Rad auf dieser Seite des Autos und wiederholte den Vorgang. Ich war nicht ganz so fingerfertig wie Skink, aber immer noch geschickt genug. Auch aus diesem Reifen begann die Luft zu entweichen.

»Und jetzt?«

Er stieß ein wildes Lachen aus. »Jetzt kommt Phase Zwei.«

Wir sprangen auf das Vorderteil des Wagens, wo Schimmie für die Menschen seinen Schwanz schwang und dabei mit dem Hintern wackelte. Sie lachten. Skink spazierte zum Ende des Vorderteils und ergriff eins der beiden langen, dort angebrachten Stecken-Dinger.

»Die nennt man Scheibenwischer«, belehrte er mich und begann mit all seiner drahtigen Kraft daran herumzureißen. »Du nimmst den anderen.« Ich griff nach dem zweiten Stecken-Ding und zerrte daran herum. Das erzeugte ein lustiges Geräusch.

Das erwachsene Männchen im Inneren des Autos lachte nicht mehr. Es war rot geworden und es schlug mit der flachen Hand gegen die dünne Wand, durch die man hindurchsehen konnte. Schimmie winkte ihm zurück. Ich hätte auch gewunken, aber ich war beschäftigt.

Der Mensch ließ sich in seinen Sitz zurücksinken. Er drehte etwas um, das er in der Hand hielt, und unter uns erwachte das Auto zum Leben. Es begann sich zu bewegen, aber Skink gab Schimmie und mir mit einem Lachen zu verstehen, bloß weiterzumachen.

Das Auto machte einen Satz nach vorn, doch das Geräusch, das es dabei von sich gab, klang anders als sonst – als würde etwas Feuchtes, Schweres klatschend über den Boden gezogen. *WUMP! WUMP!* Das waren die Reifen, aus denen wir die Luft gelassen hatten.

Der Mensch im Auto wurde immer roter und immer wütender. Er ließ eine geballte Faust nach unten sausen und das Auto stieß einen lauten Ton aus: *MEEEP!* Dann noch einmal, noch lauter: *MEEEEEEEEEP!*

Das war das Signal, das die Menschen ertönen ließen, wenn sie nach einem der *Wärter* um Hilfe riefen. Mein Blick glitt über das *Gehege.* Der *Wärter* im Jeep sah völlig überrascht auf, dann rumpelte der Jeep auch schon los. Doch plötzlich wurde aus dem Rumpeln ein Husten und Stottern, und schließlich erstarb es ganz. Der *Wärter* schlug mit beiden Händen auf das Lenkrad ein – *der* Mann sah auch nicht besonders glücklich aus! Na gut, er wusste ja auch nichts von der Banane – die Banane, die Skink mir in dieses Rohr am Ende des Jeeps zu stecken befohlen hatte, von dem er sagte, dass man es *Auspuff* nennt.

In der Zwischenzeit hatten Skink und ich gute Arbeit an diesen Dingsbumsen – den Scheibenwischern – geleistet. Der Wischer, an dem Skink zugange war, war schon fast abgebrochen. Skink zerrte ein letztes Mal mit aller Kraft daran und er kam los, mit einem witzigen Geräusch, einer Art *SPROINNG!*

Ich sah ins Innere des Autos. Das erwachsene Männchen stand kurz vor der Explosion. Es stieß einen wütenden Schrei aus, dann drückte es die Fahrertür auf und sprang aus dem Wagen. Ihr habt richtig gehört: AUS DEM WAGEN! Skink hatte seine Mutprobe mit wehenden Fahnen bestanden. Der Mensch sah riesig groß aus und sein Gesicht war sehr rot. Er schrie irgend etwas, aber das hörte sich nur an wie BLABLABLA!, also genau so, wie Menschenlaute sich immer anhören.

Schimmie machte sich als erster aus dem Staub, dicht gefolgt von mir. Ich dachte, das wäre es gewesen, aber Skink war noch nicht fertig. Ich drehte mich nach ihm um und konnte kaum glauben, was ich sah. Der kleine Affe stand noch immer auf dem Auto. Er hielt den Scheibenwischer in einer Hand, wedelte damit herum wie mit einer Waffe und piekte ihn dem Mann mitten in seinen dicken fetten Bauch. Er hatte wirklich und wahrhaftig einen Menschen geschlagen, das mächtigste unter allen Tieren!

Das war zu viel für den Mann. Mit einem ge-

waltigen Aufschrei stürzte er sich auf Skink. Aber Affen sind natürlich viel schneller als Menschen. Skink brachte sich mit einem Satz nach hinten und vom Auto herab in Sicherheit. Der Mensch hastete um das Auto herum und ihm nach. Skink blieb bis zum allerletzten Moment auf dem Boden sitzen, bevor er mit einem weiteren Satz aus der Gefahrenzone sprang.

So ging die Jagd für ein paar Minuten weiter und ihr könnt mir glauben: Der ganze Stamm schaute wie gelähmt und fassungslos dabei zu, wie der fette Mann, der schon bald keuchte und ächzte, dem kleinen Affen nachstellte. Ich sah, dass auch Blok alles beobachtete, und er schien *ganz und gar nicht* glücklich darüber zu sein. Skinks Gelächter verfing sich in den Zweigen der Bäume.

Das Seltsame war, dass ich, abgesehen von dem Schrecken über das, was Skink dort veranstaltete, noch etwas anderes verspürte. Diese wilde Jagd zu beobachten war ... na ja, es war *witzig*, um die Wahrheit zu sagen. Ich meine, wir alle wissen, dass der Mensch das mächtigste und vornehmste und weiseste unter allen Tieren ist – so erzählt es die *Legende*. Aber dieser Mensch sah so groß und rot und so *dumm* aus, wie er hinter dem Affen herhoppelte und dabei seine dicken Fäuste schüttelte. Und *das* sollte das mächtigste, vornehmste und weiseste aller Tiere sein?

Nun ja, inzwischen hatte der *Wärter* herausgefunden, warum sein Jeep nicht funktionierte, und die Banane entfernt. Der Jeep rumpelte erneut los und diesmal blieb er nicht stehen. Das Spiel würde bald vorbei sein.

Unmittelbar bevor der rettende Jeep eintraf, huschte Skink unter dem Baum vorbei, auf dem ich saß. Für eine Sekunde, bevor er sich erneut mit einem gewaltigen Satz aus der Reichweite des wutschnaubenden Menschen entfernte, sah er zu mir hinauf und kicherte: »*Das* nenne ich ein Späßchen!«

Und wisst ihr was? Ich kicherte auch.

4

Die Nacht war angebrochen und der dicke, runde Mond hing tief am Himmel. Die meisten Affen hatten sich zur Nachtruhe in die Hütten oder auf die Bäume zurückgezogen. Ab und zu schrie jemand im Schlaf auf, etwa so: *iiiijhhh,* oder so: *hwiiiieh!* Wer mochte wissen, was sie in ihren Träumen sahen, das sie solche Laute von sich geben ließ?

Ich jedenfalls wusste nur eines: Schimmie, Skink und ich steckten in Schwierigkeiten. Skink am meisten von uns dreien. Man munkelte, dass Kalibak angesichts dessen, was wir getan hatten, stinksauer war. Gleich am nächsten Morgen würde der *Rat* eine Dringlichkeitsversammlung einberufen. Wir sollten uns dort einfinden, um unsere Bestrafung entgegenzunehmen.

Natürlich dachte ich darüber nach, wie diese Strafe wohl aussehen würde, doch das war, während ich da oben in den Ästen saß, nicht das einzige, was mir zu schaffen machte. Durch meinen Kopf sausten jede Menge Gedanken, doch keinen von ihnen bekam ich richtig zu fassen. Das Einzige, woran ich immer wieder denken konnte, war, wie *dumm* dieser Mensch ausgesehen hatte – nicht großartig, nicht weise. Schlicht und ergreifend dumm.

Schließlich gab ich alle Hoffnung auf, mit der Zeit doch noch einzunicken. (Im Gegensatz zu Schimmie, der schnarchend im nächsten Baum saß.) Ich lief über den Ast und ließ mich am Baumstamm hinabgleiten.

Die wenigsten Affen waren noch wach und diejenigen, die noch nicht schliefen, hockten in kleinen Gruppen zusammen und unterhielten sich mit leisen Stimmen. Ich wählte meinen Weg durch das *Gehege* mit großer Sorgfalt. Der Mond spendete kaum Licht, doch das war nicht weiter wichtig – ich kannte jeden einzelnen Grashalm im *Gehege* so genau wie die Haare auf meinem Handrücken.

Aus irgendeinem Grund wusste ich, dass Skink sich nahe des *Zauns* aufhalten würde, und ich behielt Recht. Er lehnte mit dem Rücken gegen einen verrotteten Baumstumpf und um ihn herum saß ein Grüppchen von Affen. Skinks Stimme war die einzige, die ich vernahm. Ich erhaschte den letzten Rest der Geschichte, die er soeben erzählt hatte: »… und so gelang uns schließlich die Flucht.«

Ich gesellte mich zu den anderen Affen – einige der Gesichter waren mir bekannt, wenn auch nur entfernt.

»Gis«, grinste Skink. »Nett von dir, uns Gesellschaft zu leisten.« Er klang genauso entspannt und fröhlich wie sonst – es war schwierig, sich vorzustellen, dass wir morgen vor dem *Rat* antanzen sollten.

Einer der anderen Affen, ein Weibchen, sagte: »Ich würde nur gern wissen, warum? Warum habt ihr das heute getan?« Ich konnte ihrer Stimme anhören, dass sie die Sache nicht guthieß, gleichzeitig aber fasziniert war. Wie alle anderen Affen auch, nahm ich an.

Skink grinste nur und kratzte sich am Kopf. »Ich verstehe wirklich nicht, dass so ein Wirbel darum veranstaltet wird«, sagte er. »Was war denn daran so schlimm?«

»Du hast einen Menschen entehrt!«, sagte ein anderer Affe. »Und damit hast du die *Erste Regel* gebrochen!«

Skink zuckte nur die Achseln, als kenne er die *Regeln* nicht oder als wären sie ihm völlig gleichgültig. Und in diesem Moment fiel es mir auf –

dass Skink ganz und gar anders war als wir. Er kannte unsere *Regeln tatsächlich* nicht, genauso wenig, wie er je unsere *Legenden* gehört hatte. Er mochte uns äußerlich gleichen, aber in Wirklichkeit war er ein Außenseiter.

»Unseren *Legenden* nach«, sagte ich, jedes Wort mit großem Bedacht wählend, »ist es unsere Pflicht, den Menschen für das, was sie in *Vor-Langer-Zeit* für uns getan haben, Respekt zu zeigen.« Und ich erzählte ihm die Geschichte, die davon berichtet, warum die Menschen uns hinter den *Zaun* gesperrt haben, dieselbe Geschichte also, die ich auch schon euch erzählt habe.

Selbstverständlich hatten alle hier versammelten Affen diese *Legende* ihr ganzes Leben lang immer und immer wieder gehört, und wie es sich ziemte, lauschten sie auch nun wieder in respektvoller Stille. Doch Skink, dem die Geschichte zum ersten Mal zu Ohren kam, kicherte ununterbrochen, und als die *Legende* beendet war, lachte er sogar laut!

Dann ergriff Skink wieder das Wort. »Also, ich habe eine ganz andere Geschichte vom Beginn der Zeiten gehört und ihr könnt mir glauben, in *dieser* Geschichte spielt ein Zaun absolut keine Rolle!«

»Erzähl sie uns«, bat ich ihn.

»Gut«, begann Skink. »Also, am Anfang gab es *gar keine* Tiere. Weder auf dem Land noch in der Luft, nicht einmal im Wasser – nichts. Damals gab es nur *Vater Himmel* und *Mutter Erde* …«

Ich bemerkte, dass ich mich, genau wie alle anderen, nach vorn gebeugt hatte, damit mir auch nicht ein einziges Wort entging.

»Und wie sich herausstellte, verknallte sich *Vater Himmel* in *Mutter Erde* …«

»Verknallt?«, sagte einer der Affen in der ersten Reihe.

»Er wollte sie heiraten. Also machte er ihr ein Geschenk, um ihr Herz zu gewinnen. Nur handelte es sich dabei um kein gewöhnliches Geschenk. Es war eine lebende Kreatur, die silbern und schlüpfrig und glänzend war.

Doch als *Vater Himmel* ihr sein Geschenk anbietet, na ja, da rümpft *Mutter Erde* nur die Nase und sagt: ›Was ist das denn? Das riecht ja ganz … fischig!‹ Also, *fischig* war damals noch gar kein richtiges Wort, aber seitdem wird diese Kreatur eben *Fisch* genannt. Und der *Himmel*, tja, der ließ nun den Fisch einfach in den nächsten Ozean plumpsen und fragte sich: ›Was soll ich jetzt bloß tun?‹

Vater Himmel beschloss, ein neues Geschenk zu erschaffen. Dieses ging ihm leicht von der Hand – es war lang und dünn, ohne jeden Schnickschnack. Er wälzte es einfach aus, und als es fertig war, da war es so glitschig, dass er es *Schlange* nannte. Doch als die *Erde* dieses Geschenk sah, sagte sie nur: ›Igitt! Das ist ja widerlich!‹

Und so ging es immer weiter. *Vater Himmel* erschuf ein Geschenk nach dem anderen, Kreatur um Kreatur, und jedes Mal lehnte *Mutter Erde* das Angebot ab. Die Fliege war ihr zu schmutzig, die Schildkröte zu langsam; der Gorilla hatte zu viele Muskeln, die Katze war ihr zu eitel.«

Alle nickten – keiner von uns hatte diese Tiere je gesehen, aber wir kannten sie aus den *Legenden*.

»Was war mit der Giraffe?«, wollte jemand wissen.

Skink grinste. »Pech gehabt. Der Hals war zu lang.«

»Das Krokodil?«

»Zu viele Zähne.«

»Und der Hund?«

»Zu unterwürfig. Außerdem hatte er Mundgeruch. Nun ja, wie ihr euch vorstellen könnt, hatte *Vater Himmel* die Nase langsam voll. Würde es ihm je gelingen, ein Geschenk zu erschaffen, das *Mutter Erde* gefallen würde? Und dann traf ihn der Gedanke wie ein Blitzschlag! Er eilte davon und erschuf eine allerletzte Kreatur, die er *Mutter Erde* anbot. ›Hmmm‹, sagt sie und guckt sich das an. ›Es ist weder so groß wie ein Elefant, noch ist es so schön wie ein Pfau. Es sieht auch nicht so schnell wie ein Gepard aus und auch nicht so stark wie ein Bär.‹ *Vater Himmel* schwieg. ›Also was ist daran so besonders?‹, fragte *Mutter Erde*. Und der *Himmel* sieht auf diese seltsame kleine Kreatur herab, die den Namen Sim trägt, und sagt: ›Dann leg mal los, Baby!‹

Und der kleine Affe – denn natürlich war es ein Affe, was sonst – begann zu zappeln und zu hüpfen und zu tanzen und mit dem Hintern zu wackeln, er schnatterte und kratzte sich den Bauch und kreischte und juchzte und wirbelte seinen kleinen Schwanz herum.

Mutter Erde brach beim Anblick der Kreatur in lautes Lachen aus, und dieses Lachen klang in den Ohren des *Himmels* wie Regen, der auf eine Wüste fällt. Endlich hatte er ein Geschenk gefunden, mit dem er ihr Herz gewonnen hatte … und das war der Affe! So wurden wir alle erschaffen – dank des ersten aller Affen, Sim dem *Schwindler*.«

Ich kicherte kurz, aber dann kam mir Knall auf Fall, *päng,* ein Gedanke. »Was war mit dem Menschen?«, fragte ich.

Skink grinste, als gäbe es keine komischere Frage als diese. Dann sagte er: »Nun ja, als er die anderen Tiere erschuf, musste der *Himmel* all die Einzelteile fortwerfen, die er nicht brauchte. Er warf die Beine der Schlange und die Ohren des Fisches fort, die Finger des Pferdes und die Haare der Schildkröte. All diese Reste landeten auf einem großen Haufen und pappten aneinander. Und eines Tages standen sie einfach auf und spazierten davon. Und diese seltsame neue Kreatur, zusammengesetzt aus Überbleibseln und Resten, beschloss, sich selbst *Mensch* zu nennen. Was sie dann auch tat. Und deshalb sehen die Menschen so komisch aus.«

Alle Affen, auch ich, sogen erschreckt Luft ein. Es war schockierend, so etwas zu behaupten.

»Das stimmt nicht!«, schnappte ein Affe. »Die Menschen bilden die Spitze vom *Stammbaum allen Lebens*, das weiß doch jeder.«

Die anderen gaben ein zustimmendes Murmeln von sich, das erbost und beleidigt klang.

»Du hast doch gar keine Ahnung!«, sagte ein anderer Affe. Skink lächelte nur.

»Ich verschwinde von hier«, bekundete der nächste und sprang auf. Die anderen Affen taten es ihm nach.

»Du solltest vorsichtig mit dem sein, was du hier herumerzählst«, schnarrte einer von ihnen.

Und dann waren sie in der Dunkelheit verschwunden, der ganze murmelnde Haufen. Womit nur noch Skink und ich übrig blieben.

»Diese Geschichte«, sagte ich endlich. »Du glaubst doch nicht daran, oder?« Meine Stimme klang ruhig, aber innerlich zitterte ich, weil ich wusste, dass diese Frage eine weitere beinhaltete, eine Frage, die ich noch nie laut auszusprechen gewagt hatte.

Skink dachte darüber nach. »Wer weiß? Und wen kümmert es überhaupt? Es ist nur eine Geschichte – so gut wie die meisten und besser als viele andere.«

»Aber ist sie *wahr*?«, beharrte ich und dann sprach ich es aus: »Sind unsere *Legenden* falsch?« Allein die *Legenden* in Frage zu stellen, die mir von Kindesbeinen an erzählt worden waren, ließ mich vor Furcht erschauern.

Skink ließ sich Zeit mit einer Antwort. Dann sagte er: »Weißt du, das Problem deines Stammes ist, dass ihr kein Gesamtbild von der Welt habt.

Ihr seid hinter diesem *Zaun* geboren worden und ihr seid hinter dem *Zaun* aufgewachsen, ihr kennt nichts anderes. Und deshalb bist du wie ein Küken, das noch nicht aus dem Ei geschlüpft ist und das sich fragt, worum es im Leben überhaupt geht. Aber das wird das Küken niemals herausfinden, wenn es nicht zuvor seine Schale zerbricht – verstehst du?«

Ich war mir nicht ganz sicher, was er meinte, aber ich nickte trotzdem. Wollte er damit etwa sagen –

In der Dunkelheit konnte ich sein Gesicht nicht erkennen, aber ich wusste, dass Skink über beide Ohren grinste.

5

Unmittelbar nach Tagesanbruch versammelte sich der *Rat*. Die Sonne lugte gerade erst vorsichtig über den Horizont, alles erschien grau und war mit Tau benetzt. In der vergangenen Nacht hatte ich kaum ein Auge zugetan – angesichts der bevorstehenden Versammlung hatten meine Nerven geflattert, aber da war auch noch etwas anderes gewesen … eine Art gespannte Erregung?

Skink, Schimmie und ich näherten uns den Felsen, auf denen der *Ältestenrat* uns erwartete. Im Morgenlicht waren sie nicht mehr als fahle, über die Felsen verstreute Flecken. Ich spürte Schimmie, den alten Angstaffen, zu meiner Linken zittern. (Na gut, ich zitterte auch und das machte wohl auch mich zu einem alten Angstaffen.) Nur Skink schien völlig ruhig, was vielleicht nur daran lag, dass er nicht wusste, was uns bevorstand.

Als wir näher kamen, musterte uns jedes einzelne *Ratsmitglied* mit ernstem Blick. Klar, dass Kalibak als unser *Anführer* auf dem höchsten

Punkt saß – dem *Großen Fels* – und die sorgenvollste Miene von allen machte. Wie ich schon sagte, ist er der größte Affe des gesamten *Stammes* und sieht ziemlich gefährlich aus. Ohne ein Wort musterte er uns von Kopf bis Fuß, von Fuß bis Kopf. Und dann endlich:

»Begründet euer Handeln.« Und ich war der Erste, den er ins Auge fasste – so was konnte auch nur mir passieren. Ich räusperte mich.

»Also, es war so, das fing alles mit dieser Mutprobe an …« So gut ich eben konnte, erklärte ich, was geschehen war.

Kalibaks Stirn lag in Falten, er hörte aufmerksam und konzentriert zu. Dann brach er sein Schweigen: »Schimmie, hast du dem etwas hinzuzufügen?«

»Nein«, antwortete Schimmie mit dieser seltsam hohen, vor Angst fast quäkenden Stimme und das war alles, was er während der gesamten Versammlung von sich gab. Dann wandte Kalibak sich an Skink.

»Und du ... welche Erklärung hast du dafür, einen Menschen so entehrt zu haben?«

Skink grinste und mein Herz rutschte mir in die Kniekehlen.

»Es ist so«, fing er an, »dass die ganze Sache eher ein Späßchen war ...« Dann, wie um zu bekräftigen, was er gesagt hatte, stieß er dieses komische Lachen aus, das eher einem Gackern glich. Und das war der Moment, in dem mir zum ersten, aber nicht zum letzten Mal der Gedanke durch den Kopf schoss: *Vielleicht ist der Neue wirklich verrückt?*

Ein paar der *Ratsmitglieder* gaben ein scharfes, missbilligendes Zischen von sich, so eine Art *FSSSSSSSS!*, während die anderen *Ts-ts-ts!* schnalzten. In beiden Fällen war klar, dass Skink etwas ganz und gar Falsches gesagt hatte, doch er setzte der Sache noch eins drauf: »Ich meine, was ist denn unsere eigentliche Aufgabe? Sie zu ehren? Die Menschen? Jetzt macht aber mal halblang!« Er hatte nicht aufgehört zu lächeln, aber in seiner Stimme schwang plötzlich dieser seltsam bittere Unterton mit. Ich konnte sehen, wie Unmut und Zorn sich im *Rat* ausbreiteten. Es stand nicht gut um uns, so viel wusste ich.

Jetzt hob eines der *Ratsmitglieder* seinen Schwanz, das Zeichen dafür, dass er um Redeerlaubnis bat. Kalibak nickte und Buntu, der *Schamane* des *Stammes*, stand auf.

Er war unser *Legendenerzähler* und beinahe so alt wie Graurücken, aber er hatte eine Art, der ich nie recht vertraut hatte – sein Gesicht sah immer so aus, als habe er gerade an einer sehr sauren Zitrone genuckelt, ganz verzerrt und gemein.

»Ich befürchte, dass das noch nicht alles war«, sagte er mit seiner näselnden Stimme, die so kalt war wie die Morgenluft. »Mir ist zu Ohren gekommen, dass dieser … dieser Neuankömmling behauptet hat, die großen *Legenden* des *Vor-Langer-Zeit* seien nicht wahr …«

Als der *Rat das* hörte, erhob sich erneut ein Chor wütenden Gemurmels. Buntu zeigte mit einem knochigen Finger direkt auf Skink. »Ist das so?«

Skink zuckte nur die Achseln, als sei ihm das ziemlich gleichgültig.

»Das sind schwere Beschuldigungen«, sagte *Anführer* Kalibak mit düsterer Stimme. Das empörte Flüstern um uns herum verwandelte sich in zustimmendes Murmeln. Ich spürte mein Herz pochen. Ich hatte Angst, aber ich wusste, dass ich jetzt nicht schweigen durfte.

»Wartet!«, rief ich. »Das ist nicht fair! Skink ist neu hier, er kennt weder die *Regeln* noch unsere *Legenden*, aber das ist nicht seine Schuld und deshalb sollte er nicht – «

Kalibak hob eine Hand, was seine Art war, ohne ein Wort *Schweig!* zu sagen.

»Das reicht jetzt!«, donnerte er. »Die Beweislage ist eindeutig! Der *Rat* wird bis Sonnenuntergang seine Entscheidung bekannt geben …«

Und das war das – wir wurden aus der Versammlung entlassen. Wir würden den ganzen Tag auf das Urteil des *Rats* warten müssen. Ich wandte mich ab und versetzte Schimmie einen kleinen Schubs, weil er vergessen zu haben schien, wie man seine Beine bewegt.

An diesem Morgen wollte ich allein sein. Wahrscheinlich gab es zu viel, über das ich nachdenken musste. Es schien mir, als wäre meine ganze Welt auf den Kopf gestellt worden – ich meine, ich war mit dem *Stamm* und mit dem *Rat* und seinen *Regeln* aufgewachsen und wusste es nicht besser … aber jetzt hatte ich das Gefühl, der *Rat* sei ungerecht. War es möglich, dass auch die *Regeln* ungerecht waren? Und schlimmer noch: Entsprachen womöglich auch die *Legenden* nicht der ganzen Wahrheit? Ständig musste ich an das denken, was Skink über das Küken in der Schale gesagt hatte – wie konnte ich in dieser Schale wissen, was draußen in der Welt vor sich ging? Ich dachte so angestrengt über all das nach, bis ich das Gefühl hatte, mein Gehirn hätte sich in Brei oder so was verwandelt.

Plötzlich hörte ich dieses Keuchen und Schnauben – jemand kletterte auf den Baum, aber es bereitete ihm große Mühe. Schließlich tauchte am Ende meines Astes ein grauer Kopf auf. Das Gesicht verzerrt vor Anstrengung, zog Graurücken sich nach oben.

»Wie wär's, wenn du mir eine Hand gibst, Jungchen?«, keuchte er.

Ich huschte über den Ast und half ihm das letzte Stück nach oben.

»Was ist los?«, fragte ich. Es war Ewigkeiten

her, dass Graurücken einen Baum erklommen hatte – er behauptete immer, seine Knochen machten das nicht mehr mit.

»Ich wollte mich unter vier Augen mit dir unterhalten, Gis«, sagte er, und ich wusste, dass es etwas Ernstes sein musste, weil er mich bei meinem richtigen Namen nannte.

»Ich habe von der *Ratsversammlung* heute Morgen gehört. Sieh dich bloß vor, Gis! Kalibak ist ein strenger Herrscher und hasst alles, was den *Stamm* durcheinander bringen könnte. Mit einem Störenfried wird er kurzen Prozess machen – das kannst du mir glauben.«

»Schon, aber ich habe doch erklärt, wie es war ... uns wird schon nichts passieren.« Ich versuchte zuversichtlich zu klingen, auch wenn ich mich nicht so fühlte. Graurücken schüttelte nur den Kopf.

»Dir und Schimmie wird nichts geschehen – ihr kommt ganz sicher mit einer leichten Strafe davon. Aber Skink – das ist eine andere Geschichte. Kalibak wird es einem Neuankömmling nicht durchgehen lassen, dass er Ärger macht. Er könnte ihn sogar aus dem *Stamm* ausstoßen. Was bedeuten würde, dass er ihm Obdach und Nahrung verweigert – es würde sogar gegen die

Regeln verstoßen, nur mit ihm zu sprechen. So könnte er hier unmöglich leben.«

»Aber das ist schrecklich!«, rief ich, und Graurücken nickte bloß, sehr langsam und sehr feierlich.

»Können wir denn gar nichts tun?«

Graurücken dachte über meine Frage nach. Doch als er endlich weitersprach, war es, als hätte er das Thema gewechselt: »Ich bin nur ein alter Affe, dem die Erinnerung schon Streiche spielt. Mir fiel nämlich dieser Affe ein, der damals geflohen ist – du weißt schon, der, nach dem du immer fragst.« Ich war verwirrt. Was hatte das jetzt mit allem zu tun? Aber Gaurücken fuhr fort. »Als er ins Gehege zurückkam, erzählte er überall herum, dass man nicht nur auf dem Dach eines Auto mitfahren kann. Nicht nur auf dem Dach …« Er lächelte, aber es war eines dieser seltsamen Lächeln, von denen man nicht weiß, was sie bedeuten sollen.

Dann streckte er die Arme aus und drückte mich fest an sich, was er noch nie zuvor getan hatte, und ich glaubte zu sehen, wie seine Augen sich mit Tränen füllten. Doch dann spürte ich den Wind und war mir sicher, dass der es war, der seine Augen tränen ließ.

Schließlich klopfte mir der alte Affe mit den Fingerknöcheln auf den Kopf und sagte: »Benutze ein Mal in deinem Leben deinen Verstand!« Und damit begann er, den Baum wieder herabzuklettern und ließ mich mit der Frage zurück, was um alles in der Welt hier eigentlich los war.

Es dauerte eine ganze Weile, bis ich so weit war. Die Mittagszeit kam und ging, ohne dass ich ein einziges Mal auf den Gedanken kam, vom Baum zu klettern und mir den Bauch vollzuschlagen. Ich blendete den Lärm, den der *Stamm* um mich herum veranstaltete, einfach aus, und ich sah auch nicht zu den Felsen hinüber, wo der *Rat* noch immer zusammenhockte und debattierte. Ich saß nur dort und dachte nach, wälzte immer und immer wieder dasselbe Problem, bis es mir endlich aufging. Ich verstand, was Graurücken mir zu sagen versucht hatte, und wusste, was zu tun war. Zum ersten Mal in meinem Leben hatte ich eine *Große Antwort* auf eine meiner *Großen Fragen*!

Ich schoss den Baum hinunter und machte mich auf die Suche nach Skink.

6

Als ich ihn fand, war er gerade damit beschäftigt, mit Dreckklumpen nach Sperlingen zu werfen, sobald sie in seiner Nähe landeten. Er war allein, die anderen Affen des Stammes hielten sich von ihm fern, als befürchteten sie, seine Probleme könnten auf sie abfärben, falls sie ihm zu nahe kamen. Aber Skink erweckte den Eindruck, als kenne er keine Sorgen. Ich ging neben ihm in die Hocke und er strahlte mich an.

»Hey, Gis! Danke dafür, dass du dich so für mich eingesetzt hast.«

»Schon in Ordnung.« Für eine gepflegte Unterhaltung war keine Zeit. »Hör mal, du weißt doch noch, worüber wir uns gestern Abend unterhalten haben. Also, ich denke, wir sollten es tun.«

Skinks Augen tanzten ihren fröhlichen kleinen Tanz, als wüsste er, was ich gleich sagen würde. »Es besteht die Gefahr, dass der *Stamm* dich ausstößt«, fuhr ich fort. »Aber ich habe einen Plan … Ich finde, wir sollten aus dem *Gehege* abhauen.

Du weißt, wie das Gelände aufgebaut ist und kannst den Weg für uns finden. Wir gehen zum Reptilienhaus, das du gesehen hast, versuchen mit dem Krokodil zu sprechen …« Ich konnte kaum glauben, dass diese Worte aus meinem Mund kamen.

Skink hob eine Augenbraue. Fragend.

»Jeder weiß, dass das Krokodil der größte Historiker ist«, erklärte ich. »Wir können *es* nach den *Legenden* fragen. Wenn wir beweisen können, dass die *Legenden* nicht die Wahrheit berichten, wie kann der *Rat* dich dann noch bestrafen? Und sie *müssen* uns glauben, wenn wir es vom Krokodil wissen … Wir tun dem *Stamm* damit sogar einen Gefallen.«

»Klingt sinnvoll«, meinte Skink. Er nickte, als hätte er soeben einem kleinen Spaziergang mit einem alten Freund zugestimmt. »Dann müssen wir jetzt nur noch rauskriegen, wie wir über den *Zaun* kommen.«

Ich schüttelte den Kopf. »Nein, wir müssen keineswegs *über* den *Zaun* kommen …« Und ich berichtete, was Graurücken mir erzählt hatte.

Skink dachte eine Minute darüber nach, dann warf er den Kopf in den Nacken und ließ sein röhrendes Lachen ertönen.

»Aber natürlich!«, rief er. »Ich verstehe! Es ist so einfach, es ist geradezu brillant!« Mit ruhigerer Stimme fügte er hinzu: »Allerdings glaube ich nicht, dass wir zwei genug sind. Es sollte uns noch jemand begleiten ...«

Es dauerte eine Weile, bis wir Schimmie gefunden hatten. Normalerweise war der kleine Affe für jeden Unfug zu haben, aber heute saß er ganz allein in der Nähe des Klettergerüsts. Die *Ratsversammlung* hatte ihn tief erschüttert.

»Hey, du Haarknäuel«, neckte ich ihn, aber er machte sich nicht mal die Mühe, mich gleichfalls zu beleidigen. Skink und ich setzten uns.

»Schimmie«, sagte ich ernst, »habe ich dich je dazu gebracht, etwas Dummes anzustellen?«

Schimmie sah mich misstrauisch an. »Ja ... oft sogar.«

»Tja, also ...« Ich holte tief Luft. »Skink und ich werden abhauen. Aus dem *Gehege* flüchten.« Ich versuchte ganz locker zu klingen, als wäre es keine große Sache.

Ich konnte Schimmie seine Überraschung anmerken. »Wie meinst du das? Das könnt ihr nicht tun, es ist ... es ist gegen –«

»Wir werden ja nicht lange im *Draußen* sein«,

warf Skink ein. »Nur bis wir beim Krokodil waren. Wir holen uns Antworten auf ein paar Fragen und sind wieder zurück, bevor irgendwer es überhaupt bemerkt. Es ist unsere einzige Möglichkeit, den *Rat* umzustimmen.«

»Komm mit uns«, sagte ich. »Wenn es gefährlich wird, kannst du die Sache uns überlassen.«

»Niemals! Ich bin doch nicht –«

»Du bist mein ältester Freund, ich habe *nie* irgendwas ohne dich unternommen!«

»Aber das hier ist verrückt, es ist –«

»*Bitte* ... Wir brauchen dich. Allein schaffen wir es nicht.«

Schimmie sagte lange Zeit kein Wort. Ich wusste, dass er die Idee für völlig verrückt hielt, aber *er* wusste, wie ernst es mir damit war. Schließlich gab er einen langen Seufzer von sich und sagte: »Und wir sind nur ganz kurz im *Draußen*?«

Wir nickten – genau.

Ein weiterer Seufzer, und dann: »Also gut.« Ich wusste, dass es die schwerste Entscheidung war, die Schimmie je in seinem Leben getroffen hatte, und dies nicht etwa, weil er wissen wollte, was jenseits des *Zauns* lag – er begleitete uns, weil er mein Freund war und auf mich aufpassen wollte. Ich stieß dieses laute, glückliche Juchzen aus, etwa so: *Juuuhupp!* Und dann machten wir uns an die Arbeit.

Es dauerte eine Ewigkeit. Jedes Mal, wenn ein Auto kam, blickte ich fragend zu Skink, der die Details des Plans entworfen hatte. Doch jedes Mal schüttelte er bloß den Kopf, *nein.* Wir saßen in einer Kurve der Straße, die vom *Gehege* aus so gut wie unmöglich einsehbar war. Das war meine Idee gewesen, weil ich befürchtet hatte, der *Stamm* könne misstrauisch werden. Ich hätte mir keine Sorgen machen müssen – wie es schien, taten alle ihr Bestes, um uns bloß nicht zu beachten.

Gerade als es den Anschein hatte, dass wir hier bis in alle Ewigkeit warten müssten, kam er ins *Gehege* – ein *Transporter*, ein *Auto* also, aber ein besonders großes.

»Der ist es«, sagte Skink.

Der Transporter hielt nicht weit von uns entfernt an. Wir setzten uns in Bewegung. Natürlich verstieß es gegen die *Regeln*, unter ein Auto oder einen Transporter zu kriechen, aber um die *Regeln* machten wir uns schon längst keine Gedanken mehr. Mit einem schnellen Blick versicherten wir uns, dass niemand uns sah, dann huschten wir blitzschnell direkt unter den Transporter. Es war stockdunkel darunter und wir mussten auf den Bäuchen robben, um uns die Köpfe nicht anzustoßen.

»Seid vorsichtig!«, warnte uns Skink. »Nicht die heißen Stellen berühren!«

Unter dem Wagen deutete Skink auf ein Ding nahe der Innenseite dieser runden Teile, der Räder, und sagte, dies sei die Stelle, an der wir uns festhalten sollten. Neben jedem Rad befand sich ein solches Ding – Skink bezog an einem der vorderen Position, Schimmie ihm gegenüber. Ich kroch rasch zum hinteren Teil, wo ich mit Armen und Beinen das Ding fest umklammerte.

»Passt auf, dass eure Schwänze nicht raushängen«, rief Skink. »Es darf uns niemand sehen!«

Es war eng und laut da unten, und ich war froh, als wir uns endlich in Bewegung setzten. Ein Dröhnen und ein Schütteln ging durch den Transporter, alles ruckelte wie verrückt, und als ich nach unten blickte, huschte der Boden so schnell dahin, dass er vor meinem Blick verschwamm. Es war ein seltsames Bild, doch als ich aufsah, bemerkte ich etwas noch viel Seltsameres – einen weiteren Affen direkt mir gegenüber, der sich an dem Ding nahe dem Rad festhielt. Blok! Der große Affe funkelte mich an.

»Noch mal legen du und deine Freunde mich nicht rein!«, schrie er mir über das Gerumpel des Transporters hinweg zu. Da mir nichts einfiel, was ich darauf hätte erwidern können, hielt ich den Mund. Ich sah einfach zu, wie der Boden unter mir dahinhuschte.

Nach einer Weile drosselte der Transporter das Tempo, dann hielt er an und ich wusste, dass wir bei der Hütte am Rand des *Zauns* angekommen waren, in der die *Wärter* saßen und aufpassten. Ich hörte das Knirschen von Schritten auf der Straße neben meinem Rad ... fühlte den Messerstich der Angst, *sicher würden sie uns hier unten sofort entdecken?* ... doch dann setzte der Transporter sich wieder in Bewegung und ich wusste, dass wir das *Gehege* verließen. Die Aufregung ließ mein Herz wie rasend schlagen.

Ich hörte Skink über das Lärmen des Wagens hinweg rufen: »Jetzt!« Der Plan war, abzuspringen, bevor der Transporter irgendwann zu schnell fuhr. Ich holte tief Luft und ließ mich los. Skink hatte uns eingebläut, zur Innenseite des Transporters hin abzurollen und dann flach ausgestreckt liegen zu bleiben – wenn wir die andere Richtung nähmen, hatte er gesagt, würden die Räder uns platt walzen. Ich prallte auf dem Boden auf und machte mich flach. In der nächsten Sekunde war Helligkeit um mich herum. Der Transporter rumpelte die Straße hinab und entfernte sich von uns.

Auch die anderen drei Affen lagen auf der Straße und jeder sah leicht benommen aus.

Schimmie starrte Blok erstaunt an. »Was machst *du* denn hier?«

Doch Skink schnappte: »Dafür haben wir jetzt keine Zeit – los, bewegt euch!«

Er hatte Recht. Wir befanden uns in offenem Gelände, zwischen unserem eigenen *Gehege* und dem der Löwen. Wenn einer der *Wärter* in unsere Richtung sah, war es keine große Kunst, uns zu entdecken. Aber wir hatten Glück – kein einziger von ihnen fasste uns ins Visier und so trollten wir auf einen Baum am Straßenrand zu und hangelten uns hinauf.

Einmal oben zwischen den Ästen angekommen, wussten wir, dass wir in Sicherheit waren. Skink gab dieses komische Geräusch von sich, ein tiefes Kichern. Dann sah er Blok an. »Also, was willst du hier?«

Blok bedachte ihn mit einem kampfeslüsternen Blick. »Dabei sein, wenn ihr irgendwas vorhabt. Noch mal lasse ich mich nicht von euch zum Narren machen.«

»Das geht in Ordnung«, sagte ich, »aber es nutzt nichts, wenn wir uns untereinander bekämpfen – einer muss für den anderen einstehen und auf ihn Acht geben.«

Wir erklärten Blok unseren Plan, und trotz allem, was er hörte, gelang es ihm, einigermaßen die Fassung zu bewahren. Dann streckte ich eine Hand aus. Schimmie war der erste, der seine Hand auf meine legte, und mir fiel auf, wie heftig er zitterte. Dann legte Skink seine Hand auf Schimmies Hand, und schließlich drückte Blok seine fleischige Faust auf die von Skink.

»Dann ist es hiermit abgemacht«, sagte ich. Alle nickten, langsam, feierlich und, wie ich fand, diesem Anlass angemessen.

»Und jetzt?«, fragte Schimmie

Skink lehnte sich gegen einen Ast und ließ sich daran herabgleiten, bis er schön gemütlich in der Hocke saß. »Jetzt warten wir.«

Also warteten wir.

Wir verhielten uns so still wie möglich. Langsam legte sich meine Aufregung darüber, auf der anderen Seite des *Zauns* zu sein – immerhin hatte ich praktisch mein ganzes Leben auf Bäumen zugebracht. Doch dann geschah etwas. Einer der Jeeps von den *Wärtern* kam angefahren und hielt direkt unter uns. Zwei *Menschenwärter* stiegen aus und lehnten sich gegen den Jeep. Beide tranken sie eine trübe braune Flüssigkeit aus diesen kleinen weißen Behältern, die sie in den Händen hielten.

Einer der zwei begann zu sprechen, und das klang ungefähr so:

»Blablablablablablablablabla.«

Worauf der andere mit tiefer Stimme erwiderte:

»Blablablablablabla.«

Und so weiter. Natürlich verstand ich kein einziges Wort. Die Sache ist nämlich die – von allen Tieren auf der Welt ist der Mensch das einzige, das nicht mehr die *Wahre Zunge* spricht, die jedes einzelne Tier, ob groß oder klein, behaart oder gefiedert, beherrscht. Der Mensch ist das einzige Tier, dessen Sprache wir nicht verstehen, und umgekehrt versteht der Mensch kein Wort unserer Sprache. Den *Legenden* nach hat er die *Wahre Zunge* aus folgendem Grund verloren:

Eines Tages ging der Mensch durch den Weltenwald *und stieß auf eine seltsame Kiste. Diese Kiste enthielt eine ganz besondere* Kenntnis *– die* Kenntnis der Maschinen. *Der Mensch, begierig darauf, die Geheimnisse von Getrieben und*

Zahnrädern und der Elektrizität *kennen zu lernen, öffnete unversehens die Kiste und entriss ihr die* Kenntnis. *Er erlernte die unglaublichsten Dinge, doch dafür zahlte er einen Preis. Denn seit jenem Tag ist es dem Menschen nicht mehr möglich, sich mit den anderen Tieren zu verständigen … und er hat längst vergessen, dass er je dazu im Stande war …*

Wie auch immer, jetzt waren wir hier und lauschten dem unverständlichen Gebrabbel der beiden *Wärter* unter uns, als Skink plötzlich flüsterte: »Die sollten die Klappe halten. Eine so dumme Unterhaltung habe ich ja noch nie gehört!«

Ich war wie vom Donner gerührt. »Du verstehst, was sie sagen?«

»Klar«, erwiderte er achselzuckend. »Nicht, dass ich je etwas Sinnvolles von ihnen gehört hätte.«

»Wo hast du das gelernt?«, fragte Schimmie, und ich konnte es seinem Tonfall anhören, dass er Skink kein Wort glaubte.

»Ich hab eine Weile in diesem Zoogeschäft gelebt«, antwortete Skink. »Manchmal nahm mich der Besitzer mit zu sich nach Hause. Da hab ich so einiges aufgeschnappt …«

»Ach ja? Und über was reden sie gerade?«, höhnte Blok.

Skink legte den Kopf schräg und lauschte eine Weile, dann sagte er: »Nichts Besonderes – was sie gestern Abend in etwas gesehen haben, das sie *Fernsehen* nennen, das ist ein Kasten, in dem sich Bilder bewegen und vor dem die Menschen stundenlang sitzen und zusehen, obwohl es sie ganz dumm macht. Sie haben etwas gesehen, das sie *Fußball* nennen, dabei läuft ein Haufen Menschen hinter diesem runden Ding her und tritt danach.«

»Du magst die Menschen nicht besonders, oder?«, fragte ich.

Skink gab keine Antwort. Stattdessen sagte er: »Wir müssen warten, bis es dunkel geworden ist. Bis keine Besucher mehr kommen und die *Wärter* damit beschäftigt sind, alles für die Nacht vorzubereiten. Dann müssen wir uns durch das Löwengehege in Richtung Süden schlagen.«

Schimmie schüttelte den Kopf und steckte sich einen Finger ins Ohr. »Entschuldigung – einen Moment lang hab ich wirklich gedacht, du hättest *Löwengehege* gesagt.«

»Es ist der einzige Weg«, grinste Skink. »Aber keine Sorge – wir sind da drin und wieder draußen, bevor die Raubkatzen überhaupt bemerken, was los ist. Und dann …«

»Und dann weiter zum Krokodil«, sagte ich.

Doch Schimmie schüttelte heftig den Kopf. »Das gefällt mir nicht – das gefällt mir ganz und gar nicht.«

Aber er wusste, dass es zur Umkehr zu spät war – wenn er sich den *Wärtern* ergab, würden wir mit ihm eingefangen werden. Also steckte er seinen kleinen Kopf zwischen die Knie und wiederholte immer wieder: »Gefällt mir nicht, ganz und gar nicht, oh nein, gar nicht …« Ich streckte eine Hand aus und zog ihn freundschaftlich am Schwanz.

Dann saßen wir da und warteten auf die Dunkelheit.

7

Wenn man nichts anderes zu tun hat, als Sekunde um Sekunde mit Warten zu verbringen und die Sonne am liebsten mit purer Willenskraft zum Untergehen zwingen möchte, dann braucht der Himmel ewig, bis er dunkel wird. Als es endlich so weit war, kletterten wir den Baum hinab und marschierten los. Es war ein gutes Gefühl, sich wieder bewegen zu dürfen. So weit das Auge reichte, sah ich keine *Wärter*. Skink führte uns an, was selbst Blok hinnahm, ohne zu stänkern. Der große Affe markierte immer noch den harten Kerl, wie üblich, aber er war kein guter Schauspieler. Es war nicht schwer zu erraten, dass er genauso eingeschüchtert war wie wir.

Der *Zaun* um das Löwengehege herum unterschied sich von unserem. Dieser hier war dicker und stabiler, aber er führte keine *Elektrizität*. Er war für größere Tiere entworfen worden. Was bedeutete, dass es uns Affen leicht fiel, durch ihn hindurchzuschlüpfen, und genau das taten wir.

Geduckt und so leise wie möglich huschten wir über das offene Gelände.

Mir schoss durch den Kopf, was für ein seltsames Bild wir abgeben mussten – vier kleine, dahinschleichende Affen, während uns voraus im Gegenwind das Löwenrudel ruhte. Wie oft hatte ich aus der Sicherheit unseres *Zauns* heraus das Brüllen der Löwen gehört? Nie hätte ich geglaubt, mich eines Tages auf der falschen Seite *ihres Zauns* wiederzufinden. Dieser schreckliche und durch nichts zu vertreibende Gedanke allein reichte aus, mich am ganzen Körper zittern zu lassen. Wir stolperten weiter, vorsichtig, weil wir uns auf diesem Gelände nicht auskannten.

»Wenn wir auf dieser Seite des Geheges bleiben«, zischte Skink, »dürfte uns nichts passieren.«

Er klang so zuversichtlich, dass ich ihm beinahe glaubte. Und es passierte *tatsächlich* nichts ... für ein oder zwei Minuten. Wir hatten schon die Hälfte des *Geheges* hinter uns gebracht, als dieses entsetzliche Brüllen ertönte, RRROOO-AAAAARR! Es klang, als würde ein Loch in die Nacht gerissen, versteht ihr? Ich sprang beinahe aus meiner Affenhaut.

»Keine große Sache«, beschwichtigte Skink,

der geduckt weiterlief. »Löwen machen einfach gern Krawall, das ist alles.«

Doch dann ertönte das Brüllen erneut und diesmal, auch wenn ich das nie für möglich gehalten hätte, sogar noch lauter als zuvor. Was bedeutete, dass es näher war. *Viel* näher.

Wenn ich an das zurückdenke, was dann geschah, laufen die Ereignisse vor mir ab wie in Zeitlupe. Jemand schrie: »Lauft!«, ich glaube, es war Skink. Wir vier stürzten davon, jeder in eine andere Richtung. Im nächsten Moment jagte ich allein durch das hohe Gras, ohne zu wissen, wohin. Ich rannte so schnell ich konnte und doch kam es mir so vor, als bewegte ich mich nicht von der Stelle, als bewegte ich mich unter Wasser oder so etwas.

Wieder hörte ich das Brüllen – diesmal so laut, dass es den ganzen Himmel zu erschüttern schien, bevor es in meinem Kopf widerhallte und nichts zurückließ als nackte Angst – und ich bemerkte etwas aus dem Augenwinkel. Ich konnte es nicht genau erkennen, aber zwei Dinge standen fest: Es war *groß* und es war *schnell*. Nein, machen wir drei Dinge daraus: es war groß, es war schnell *und es kam in meine Richtung*.

Ich dachte nicht nach, dazu war keine Zeit.

Meine Instinkte übernahmen das Ruder. Ich wechselte die Richtung und hastete im Zickzack durch das hohe Gras auf das Unterholz zu. Wenn ich es bis zu den dahinter aufragenden Bäumen schaffte … Ich hörte dieses furchterregende Geräusch hinter mir, ein Rascheln wie von etwas Gewaltigem, das durch das Gras schoss, was daran lag, dass *tatsächlich* etwas Gewaltiges durch das Gras schoss, und mein Herz hämmerte mit einer unglaublichen Geschwindigkeit, doch die Bäume kamen näher, wenn ich es bloß –

Etwas Scharfes, Kräftiges und *Großes* schnappte mich im Nacken und riss mich von den Füßen. *Was zum …?* Meine Beine baumelten herab. Ein Löwe! Ein Löwe hielt mich mit seinen riesigen Zähnen in seinen riesigen Fängen, und ich kann euch sagen, ich war zu Tode geängstigt! Sein heißer, wütender Atem fegte über meinen Kopf. Ich versuchte zu schreien und fand keine Worte, mein Gehirn hatte angesichts dieses überwältigenden Grauens den Geist aufgegeben.

Der Löwe, der mich in seinen Fängen hielt, stapfte durch das hohe Gras zurück. Vor uns tauchte eine weitere Raubkatze auf. Es war eine Löwin, die ihren riesigen Kopf bewegte, um mich besser ins Auge fassen zu können, und ich weiß noch, dass ich in diesem Moment dachte, ein so großes Maul wie dieses könne mich problemlos in einem Stück herunterschlucken. Als sie sprach, bekam ich einen hervorragenden Eindruck von ihren gelben Zähnen.

»Gute Arbeit, Agnes«, sagte sie zu meiner Jägerin, die nicht sprechen konnte, weil etwas ihr das gesamte Maul ausfüllte, nämlich ich. Stattdessen nickte die Löwin, was meine Knochen kräftig durcheinander schüttelte. Die andere Löwin fixierte mich aus großen, goldenen Augen. Ich sah in diese Augen und las darin eine einzige Botschaft: *Oh-oh, Gis, du steckst bis über beide Ohren in Schwierigkeiten.*

»Gewieftes kleines Kerlchen«, erklärte die Löwin. »Hast es beinahe bis zu den Bäumen geschafft, was?« Sie wandte sich wieder der Löwin namens Agnes zu. »Wir bringen diesen kleinen Haschmich am besten zum Rudel.«

Sie stolzierten das lange Gehege hinab, dorthin, wo das Rudel lag. Kühle Nachtluft fuhr in mein Fell, doch das war nicht der Grund dafür, dass ich zitterte. Ich zitterte, weil ich wusste, dass ich aufgefressen werden würde. (Und falls jemand von euch glaubt, er hätte mehr Haltung gezeigt ... na ja, du Schlauberger, wie wäre es dann, wenn du mal eine Weile im Rachen eines Löwen verbringst und herausfindest, wie dir das gefällt?)

Schließlich kamen wir an und ich landete Hals über Kopf auf dem Boden, unmittelbar neben einem Haufen nasser Blätter. Ich sah genauer hin und erkannte, dass es keine nassen Blätter waren, sondern Schimmie und Blok. Sie sahen genauso aus, wie ich mich fühlte – ihre Augen waren vor Entsetzen weit aufgerissen. Und wer wollte ihnen daraus einen Vorwurf machen? Wir waren von etwa zwanzig Löwen umstellt, die uns alle anglotzten und sich die riesigen Lefzen leckten, als wären wir das leckerste Pausenfutter. Ich hatte keine Ahnung, wo Skink steckte – vielleicht hatte er es bis zu den Bäumen geschafft.

»Nanu, nanu, nanu«, sagte die Löwin, die mich gefangen hatte, »was haben wir denn da?«

»Abendessen!«, grollte ein jüngerer Löwe und die Kleinsten unter ihnen kicherten.

»Ist jedenfalls unsere übliche Geschäftspolitik«, warf ein dürrer Löwe ein. »Wer unbefugt ins Gehege eindringt, wird gefressen.«

»Viel ist an ihnen ja nicht gerade dran«, grummelte ein anderer.

»Wir sollten sie erst fragen, was sie hier wollten«, sagte eine Löwin.

Die Löwin namens Agnes, die anscheinend hier das Sagen hatte, wandte uns ihren großen runden Kopf zu.

»Sie hat Recht … also, was wollt ihr hier?«

Da mit Schimmie und Blok nichts anzufangen war, musste ich antworten. »Wir wollen zum Krokodil«, sagte ich. »Ihm ein paar Fragen stellen …« So laut ausgesprochen klang das ziemlich lächerlich und plötzlich schien es mir überhaupt nicht mehr wichtig. Ich wünschte nur noch, mich in der Sicherheit eines Baums zu befinden, auf der richtigen Seite des *Zauns* – auf *unserer* Seite.

»Was erzählt der da?«, röhrte eine Löwin und sagte dann, an mich gewandt: »Lass das dumme Geschwätz!«

»Genau! Erst fressen, dann fragen«, sagte eine andere.

»Ja, fressen wir sie auf«, meinte wieder eine andere. »Kommt schließlich nicht jeden Tag vor, dass wir unser Abendessen selber jagen können.«

»Hört, hört.«

Wie es aussah, war die Entscheidung gefallen – es gab Abendessen und wir waren der Hauptgang. Doch plötzlich donnerte eine tiefe, gewaltige, alle zum Erstarren bringende Stimme: »Hört auf!«

Das gesamte Rudel drehte sich um, genau wie wir. Es war ein Löwe, aber es war nicht irgendein Löwe. Dieser hier war groß, *riesig* - mit Abstand der größte des ganzen Rudels. Er trottete langsam heran und ich bemerkte, dass etwas auf seinem Hals thronte und sich an der zottigen Mähne des gewaltigen Tiers festhielt. Es war Skink!

Der kleine Affe ritt auf dem Anführer des Rudels. Und genau in diesem Moment lugte der Mond hinter einer Wolke hervor. Er erleuchtete den Nachthimmel hinter Skink, so dass sein Körper wie eingerahmt aussah – ein winziger Affe, der auf einem gewaltigen Löwen ritt! Ich sah das Weiß seiner Zähne blitzen, als der schmächtige Affe grinste.

»Charles ... wenn du uns *bitte* erklären würdest, was hier los ist?«, sagte die Löwin namens Agnes. Sie klang gar nicht glücklich.

Der große Löwe, den sie Charles genannt hatte, senkte das Haupt, so dass Skink absteigen konnte. Der kleine Affe tat es mit einer artistischen Einlage – ein Purzelbaum mit halber Schraube.

»Sieh mal, was ich gefunden habe, Schatz«, sagte der Löwe namens Charles. Seine Stimme war tief und dröhnend, klang aber, um die Wahrheit zu sagen, nicht besonders schlau. »Hab dieses Kerlchen dabei erwischt, wie es durchs Gehege hopste. Beim *Zaun* hab ich ihn eingesackt ...«

»Ja ... und?« Die Löwin klang, als verwende sie alle Mühe der Welt darauf, ihre Ungeduld zu bezähmen.

»Und ... nun ja, hört euch mal an, was das kleine Kerlchen zu erzählen hat ...«

Skink reagierte auf sein Stichwort. Er reckte sich zu voller Größe, was inmitten dieser riesigen Raubkatzen nicht besonders beeindruckend wirkte, und sagte: »Also, eigentlich habe ich dem großen Kerlchen nur erzählt, was sowieso jeder weiß. Es überrascht mich, dass ihr noch nie etwas davon gehört habt.«

»Wovon?«, schnappte Agnes.

»Dass alle Kreaturen den Löwen den ›König der Tiere‹ nennen«, sagte Skink mit einem gewinnenden Lächeln. »Ich meine, das ist euer eigentlicher, offizieller Titel.« Der Affe sah den gigantischen Löwen an. »Habe ich nicht Recht, Eure Majestät?«

Charles schien vor Stolz fast die Brust zu platzen. »Nun, jetzt, wo du es sagst … Ich hatte immer schon das Gefühl, dass da etwas … ähem … *Hoheitliches* an uns ist, das uns von gewöhnlichen Tieren unterscheidet.«

»Haargenau richtig«, stimmte Skink zu.

Der Rest des Rudels schien von dieser Idee ebenfalls angetan – als wäre es ganz nett, ein wenig wohlverdiente Aufmerksamkeit vom übrigen Tierreich entgegengebracht zu bekommen.

»König der Tiere, sagst du?«, fragte einer und leckte sich die Pfoten.

»Genau«, nickte Skink. »Manche sagen auch *König des Urwalds* oder *König der Raubkatzen.*«

»Auch nicht schlecht«, warf ein Löwe ein. »Das hat etwas Verwegenes.«

»Verwegen klingt gut!«

»Aber *König der Tiere* klingt besser«, sagte ein anderer.

»Dann ist es entschieden«, sagte der Löwe namens Charles. »Der ›König der Tiere‹ soll es sein.«

Die Löwin mit dem Namen Agnes gab ein lautes, scharfes Fauchen von sich, eine Art *kchhhh!*, dem ich entnahm, dass sie das alles für einen Haufen Unsinn hielt. Doch allen anderen schien der Titel sehr zu gefallen, besonders den männlichen Löwen.

Plötzlich fiel einem aus dem Rudel etwas ein. »Aber was ist mit den Menschen?«

»Was soll mit denen schon sein?«, gab Skink zurück, ohne dass sein Lächeln ihn verließ. »Sie bringen euch doch jeden Tag Futter, oder? Sie bedienen den König der Tiere, genauso, wie es sich gehört.«

Das machte Sinn. Das ganze Rudel nickte glücklich.

»Und nun, Ihre Majestäten, wenn ich so kühn sein darf«, fuhr Skink fort, »dürfen wir uns erlauben, Euch um Eure erste königliche Entscheidung zu bitten?«

Charles nickte auf eine neue Art, die er wohl für hoheitlich hielt, mit seinem großen, zottelmähnigen Kopf, sehr langsam und würdevoll.

»Wir erbitten freie Passage durch euer Gehege«, sagte Skink.

Charles der Löwe dachte darüber nach. »Ein guter Herrscher muss sowohl Gnade als auch

Stärke zeigen«, sagte er mit dieser pompösen Stimme, die er sich jetzt zugelegt hatte. »Königliche Größe beweist man nicht, indem man solche Hänflinge wie euch verspeist … Eure Bitte ist euch gewährt.«

Skink machte eine völlig übertriebene Verbeugung und ich glaube, ich war der Einzige, der dieses Glühen in seinen Augen sah – ein verschmitztes Funkeln, als hätte er jede Menge Spaß! Vielleicht war er *wirklich* verrückt, dachte ich.

Aber soviel musste man ihm lassen – der kleine Affe hatte uns davor bewahrt, aufgefressen zu werden. Mehr noch: Ganz ihrer neuen hoheitlichen Großzügigkeit angemessen, ließen die Löwen uns von einer Eskorte zur anderen Seite des Geheges begleiten. Nur machte ich die Reise diesmal nicht im Rachen eines Löwen, oh nein. Ich ritt auf seinem Rücken! Während die Dunkelheit mich umgab und ich, in die Mähne des Löwen gekrallt, das Spiel seiner geschmeidigen Muskeln unter mir fühlte – in diesem kurzen Moment vergaß ich meine Angst und spürte ein unglaubliches, bis dahin nie gekanntes Gefühl von Freiheit und Stärke.

Lang hielt es nicht an, denn wir hatten den *Zaun* bald erreicht und wurden von den Löwen abgesetzt. Schimmie und Blok sahen immer noch ziemlich verwirrt aus, aber Skink strahlte mich an. Ich selbst war mir nicht ganz sicher, wie es mir ging – es war, als würden alle möglichen Gefühle in mir um die Vorherrschaft streiten.

Bevor sie gingen, beugte die Löwin namens Agnes ihren Kopf zu mir herab und es schien mir, als könne sie direkt durch mich hindurchsehen. »Du hast Glück gehabt, kleiner Affe, großes Glück, dass die Männer sich eingemischt haben«, sagte sie mit diesem sanften Grollen. »*Wir* hätten euch gefressen …« Und ich sah ihr in die Augen und glaubte ihr jedes Wort.

Dann machten sie kehrt und liefen zurück und wir sahen nicht mehr als eine Ansammlung von Schatten, die in der Dunkelheit verschwanden.

Skink klatschte in die Hände. »Na dann, weiter geht's.«

8

Inzwischen war es gänzlich dunkel geworden. Die Gefahr, gesehen zu werden, war gering, also trotteten wir die Straße entlang. Einmal fuhr ein Jeep vorbei, aber wir versteckten uns einfach hinter einer Reihe von Büschen und er verringerte nicht einmal die Geschwindigkeit. Die *Wärter* waren zu sehr damit beschäftigt, die Tiere zu ihren Schlafplätzen zu treiben.

Wieder auf der Straße, gesellte ich mich zu Skink. Ich musste es einfach loswerden. »Das war unglaublich«, sagte ich. »Das mit den Löwen.«

Skink schenkte mir dieses in der Dunkelheit leuchtende, breite Grinsen. »Die meisten Tiere sind glücklich, wenn man ihnen genau das erzählt, was sie hören wollen. Ganz gleich, ob es stimmt oder nicht.«

»Du meinst, das mit dem König der Tiere war gar nicht die Wahrheit?«

Der kleine Affe stülpte die Unterlippe vor. »Kommt darauf an, was du mit ›Wahrheit‹

meinst. Ich meine, ich hab schon gehört, dass Menschen den Löwen so nennen. Aber ob ich es glaube? Na ja, mal so gedacht – wenn sie solche Hoheiten sind, warum hat man sie dann, genau wie uns, *hinter* einen Zaun gesperrt? Wie königlich klingt das in deinen Ohren?«

Das war schwer zu beantworten, also lief ich einfach mit dem Rest der Gruppe weiter. Schließlich kamen wir an diese Stelle, wo die Straße sich teilte. Skink sah in beide Richtungen und kratzte sich am Kopf.

»Welcher Weg war es bloß noch mal?«, murmelte er.

In meinem Bauch knäulte sich die Angst zusammen und vollführte kleine Hopser und Sprünge.

»Hast du es etwa vergessen?«, fragte ich.

Anstelle einer Antwort schlug Skink den linken Weg ein. Wir folgten ihm und lange Zeit hörten wir nichts als unseren keuchenden Atem und das Geräusch unserer Schritte auf der Straße. Endlich näherten wir uns einem flachen Gebäude. An der Vorderseite konnte ich einige dunkle, gezackte Umrisse erkennen. Als wir näher kamen, erkannte ich, was es war. Es waren drei – drei große, hässliche Vögel, von denen jeder auf einem knorrigen, abgestorbenen Ast thronte. Die Schultern erhoben sich hoch zu beiden Seiten der kahlen Köpfe, die auf langen, mageren Hälsen saßen.

Sie rührten keine Feder, als wir auf sie zu gingen.

»Was ist *das* denn?«, sagte Blok, mit einer so angespannten Stimme, als erwartete er im nächsten Moment etwas noch Schlimmeres. *So viel zu Blok, dem harten Kerl,* dachte ich.

»Keine große Sache«, erwiderte Skink. »Das sind nur Geier.«

»Die sehen hungrig aus«, jammerte Schimmie unglücklich. Es stimmte, die drei Vögel musterten uns von oben bis unten mit diesem gierigen Funkeln in den Knopfaugen.

»Keine Angst, wir sind nicht ihre Art von Futter«, sagte Skink. »Dafür sind wir zu lebendig.« Dann hoppelte der kleine Affe auf die Vögel zu und hob eine Hand. »Schönen guten Abend miteinander. Wie geht's?«

»Ach, wie immer«, antwortete ein Geier mit flacher, nüchterner Stimme. »Total *tote* Hose.« Die beiden anderen Geier kicherten dieses dunkle, eigenartige Kichern – etwa so: *huh, huh, huh* – und ich wusste nicht, was daran so witzig sein sollte.

»Was treibt ihr denn hier, in dieser *sterbensdunklen* Nacht?«, fragte ein anderer Geier mit der gleichen flachen Stimme. Ich verstand kein Wort – es war keineswegs sterbensdunkel, aber der dritte Geier brach über diesen Einwurf erneut in Kichern aus.

»Pssst!«, machte der erste Geier. »Du lachst ja laut genug, um damit die *Toten* zu wecken!«

Jetzt gackerten sie alle drei – *huh, huh, huh* –, und das ließ diese seltsam bösartig wirkenden Schultern und Schwingen auf und ab zucken. Es war unheimlich.

»Was ist hier los?«, raunte ich Skink aus dem

Mundwinkel zu, ohne meinen Blick von den Geiern zu wenden.

Der kleine Affe zuckte nur die Achseln. »Sie sind eben Geier«, antwortete er, als wäre damit alles gesagt. »Verstehst du, es sind Aasfresser – sie fressen nur Tiere, die längst tot sind.«

»Widerlich!«, rief Schimmie mit gerümpfter Nase.

»Eigentlich nicht«, sagte ich. »Ich meine, wenigstens bringen sie niemanden um – sie fressen nur, was übrig bleibt.«

»Stimmt«, sagte Skink. »Nur ihr Sinn für Humor ist ein bisschen … makaber.«

Das konnte man laut sagen. Diese Geier amüsierten sich über alles, was mit dem Tod und dem Sterben zu tun hatte. Die wenigsten Affen, mich eingeschlossen, halten so etwas für witzig. Es muss wohl etwas dran sein an dem Spruch, dass die Welt aus mehr als nur einer Art von Tieren besteht.

Als das Gekicher verebbt war, versuchte Skink es erneut.

»Wir suchen nach dem Krokodil«, sagte er. »Welche Richtung ist das?«

Einer der Geier machte eine Kopfbewegung nach links. »Wenn ihr nach dort den *Abgang macht,* kommt ihr zur nächsten Kreuzung, dann liegt das Reptilienhaus *sterbens*genau vor euch.« Jedesmal, wenn es um den Tod oder ums Sterben ging, kicherten die beiden anderen Geier los.

»Alles klar«, nickte Skink, dem das alles nichts weiter auszumachen schien. »Vielen Dank – ihr wart wirklich *todsterbens*hilfreich.«

Das ließ die Geier in erneutes Gelächter ausbrechen. Ich wollte diese seltsamen Vögel so schnell wie möglich hinter mir lassen, aber vorher musste ich ihnen eine Frage stellen.

»Ihr seid nicht hinter einen Zaun gesperrt ... Warum fliegt ihr nicht einfach weg?«

»Weil die Menschen uns aus jedem Flügel eine Schwungfeder rausgerissen haben. Wir können nirgendwo hinfliegen.«

»Tut das nicht weh?«

Drei Paar mächtige, gewölbte Schultern zuckten. »*Tod*sicher tut es weh«, sagte einer der Vögel.

Als wir davonliefen, hörte ich noch immer dieses tiefe, dunkle Lachen, *huh, huh, huh,* das selbst dann noch in meinem Kopf widerzuhallen schien, als wir die Vögel so weit hinter uns gelassen hatten, dass man sie eigentlich nicht mehr hätte hören dürfen.

Schließlich erreichten wir eine Reihe flacher

Gebäude. Es gab Schilder, auf denen dieses Geschnörkel stand, also *Schrift*, aber es waren auch kleine Bilder darauf. Auf dem Schild für das Reptilienhaus war der Umriss einer Eidechse gezeichnet. »Das da ist es«, sagte Skink.

»Wie kommt es, dass sie in einem von diesen Haus-Dingern leben?«, fragte Schimmie.

Skink suchte bereits nach einem Weg ins Innere des Gebäudes. »Hier draußen können die Reptilien sich nicht aufhalten«, erklärte er. »Weil sie um sich herum ständig warme Temperaturen benötigen.«

»Wie geht's jetzt weiter?«, keuchte Blok, der zwar groß und stark, aber kein guter Läufer war.

»Jetzt gehen wir rein«, sagte Skink und zeigte auf eines dieser Durchguck-Dinger, das sich hoch über uns befand. Es stand einen Spalt weit offen. »Durch dieses Fenster.«

Blok starrte nach oben. »Ach wirklich? … Wie denn?«

Skink grinste. »Komische Frage …«

Er beschrieb uns genau, wie wir vorzugehen hatten. Und so machten wir es: Blok stellte sich zuunterst, weil er der größte von uns war. Dann kletterte ich auf seine Schultern. Es war eine wackelige Angelegenheit, aber wir konnten uns an der Gebäudewand abstützen. »Alles in Ordnung?«, fragte ich Blok und er erwiderte: »Gnnngh«, was ich als ein Ja deutete. Dann wies Skink Schimmie an, sich mit verschränkten Händen und dem Rücken zu uns vor Blok zu platzieren.

Als Skink mit unserer Aufstellung zufrieden war, entfernte er sich einige Schritte von uns. Dann nickte er, nahm Anlauf und raste auf uns zu. Als er schnell genug war, sprang er in die Luft. Einer seiner Füße landete in Schimmies Händen und Schimmie drückte ihn mit aller Kraft nach oben. Skink sprang noch höher und jetzt landete er mit einem Fuß in *meinen* verschränkten Händen. Ich stemmte ihn mit aller Kraft nach oben und Skink schoss dem Fenster entgegen. Er erwischte den unteren Rand gerade so mit den Fingern, aber das reichte aus. Das letzte Stück zog er sich hinauf und verschwand durch das Fenster – er war drin! Ich sprang von Bloks Schultern und wir warteten.

Einen Moment später öffnete sich die Vordertür des Gebäudes und im Türspalt erschien Skinks Grinsen.

»Wo hast du denn *das* gelernt?«, fragte ich ihn.

»An einem Ort, den man *Zirkus* nennt.«

Ich fragte nicht, was *das* nun wieder war – inzwischen hatte ich begriffen, dass Skink nicht gern über seine Vergangenheit redete.

»Und jetzt … hereinspaziert«, sagte er.

9

Es war ein merkwürdiges Gefühl, sich in einem Gebäude der Menschen wiederzufinden – nach oben zu blicken und keine Zweige oder den Himmel zu sehen, sondern nur dieses niedrige Ding, das man *Decke* nennt. Es war dunkel hier drin und eine seltsame Stille hing in der Luft. Ich wünschte mir, einen Luftzug auf meinem Gesicht zu spüren. Wir schlichen weiter, Skink vorneweg.

Wir kamen an einer Reihe dunkler Fenster zu unserer Rechten vorbei. Ich war froh darüber, in den Schatten auf der anderen Seite nicht viel erkennen zu können. Aber Skink drückte sein Gesicht gegen jedes Fenster und lugte hinein.

»Ist es das hier?«, fragte ich jedes Mal, aber Skink schüttelte nur den Kopf.

Doch dann: »*Das* ist es, wonach wir suchen.«

Wir waren vor einem sehr großen, in die Mauer eingelassenen Fenster stehen geblieben. Ich sah hindurch, konnte aber in dem trüben Zwielicht nichts erkennen, und das jagte mir eine Höllenangst ein. Vielleicht war das alles doch keine so gute Idee? Aber wir waren schon so weit gekommen – ich wusste, dass wir nicht kehrtmachen konnten. Jetzt nicht mehr.

»Wie kommen wir dort rein?«, wollte ich wissen.

Keine Antwort – Skink war damit beschäftigt, seine Finger über die Mauer wandern zu lassen.

»Wonach suchst du?«

»Nach dem hier«, sagte er. Er schlug gegen die Mauer und ein hohles Dröhnen ertönte. »Das ist eine *Wandtür*. Vermutlich benutzen sie die für die Fütterung oder so etwas.«

Ich ließ meine Finger über die Stelle gleiten. Ich konnte einen Umriss ertasten, hatte aber keine Ahnung, wozu er dienen sollte. Die Wandtür war fest verschlossen. »Gut«, sagte ich, »aber wie kommen wir da rein?«

Das war der Moment, in dem Blok sich einmischte und zum ersten Mal, seit wir den Zaun hinter uns gelassen hatten, schien er wieder ganz der Alte zu sein – der große, holzköpfige, angeberische Blok.

»Zur Seite, ihr Schwächlinge«, rief er mit diesem höhnischen Schnarren, das er irgendwann heimlich geübt haben musste.

Blok versetzte der Wandtür ein paar Faustschläge, um zu prüfen, wie stabil sie war, bevor er die Sache ernsthaft anging und mit aller Macht seine Schulter dagegen rammte. Vor Anstrengung warf er den Kopf in den Nacken und gab dieses schnaufende Grunzen von sich, doch wann immer ich ihm meine Hilfe anbot, schüttelte er abwehrend den Kopf. Es war, als betrachtete er es als persönliche Herausforderung – Hilfe anzunehmen hätte geheißen, sich geschlagen zu geben. So arbeitete Bloks Gehirn nun mal, also ließ ich ihn einfach weitermachen.

Aber Blok war zweifellos ein sehr starker Affe und schließlich zeigte die Wandtür erste Spuren des Nachgebens. »Mach schon, du Muskelprotz«, feuerte Skink ihn an, »du schaffst es!«

Ein lautes Splittern ertönte, dann schwang die Wandtür nach innen auf – nach innen, wo das Krokodil wartete.

»Gute Arbeit«, lobte ihn Skink und tätschelte Blok den Kopf, als wäre er ein kleines Kind oder so etwas. Blok grunzte. Der kleine Affe trat in die Öffnung. Er maß die Wandtür mit einem raschen Blick und sagte: »Einer von uns wird sie aufhalten müssen. Wenn sie zuschwingt, kommen wir wahrscheinlich nie wieder hier raus.«

Wie es ab hier weitergehen sollte, hatten wir nicht besprochen, aber mir war völlig klar, was getan werden musste – immerhin hatte ich Schimmie dazu überredet, uns zu begleiten, und Blok hatte nicht gewusst, auf was er sich einließ. Also sagte ich: »Skink und ich gehen rein. Ihr zwei wartet an der Tür. Blok, du hältst sie auf, in Ordnung?«

Und so traten Skink und ich ein. In die tief hängende Decke war eine Art Heizung eingebaut, die dieses seltsame glühende Licht nach unten warf, so dass alles rot eingefärbt erschien, aber wenigstens konnte man etwas sehen. Der Raum war niedrig und rechteckig. Auf einer Seite befanden sich ein Felsen und ein paar Büsche; den Rest des Raums nahm ein gewaltiges Wasserbecken ein. Inmitten des Wassers trieb ein Holzstamm, nur von dem Krokodil war keine Spur zu entdecken. Wo mochte es bloß stecken?

Ich blickte zurück – Schimmie hatte einen Schritt nach innen gemacht, ich weiß nicht, ob aus Neugier oder weil er sich davor fürchtete, draußen allein in der Dunkelheit zu warten. Blok hielt mit einem muskelbepackten Arm die Wandtür auf. Ich ging weiter, unter meinen Schritten knirschte Kies.

»Und jetzt?«, flüsterte ich. Skink zeigte mit einem Finger über das Wasser.

Der Holzstamm bewegte sich nicht, kein einziges Mal, aber ich bemerkte mit Entsetzen, dass es überhaupt kein Holzstamm *war* – es war das Krokodil, und es beobachtete uns aus diesen murmelrunden gelben Augen, die gerade eben die Oberfläche des Wassers durchbrachen. Ich hatte, um die Wahrheit zu sagen, ziemlich große Angst, aber ich war nicht bis hierher gekommen, um jetzt ohne Antworten wieder abzuziehen. Das Krokodil lag ganz still – *toten*still hätten die Geier wohl gesagt – und auch seine Nasenlöcher ragten über das Wasser. Ich konnte seinen Rückenpanzer und den mächtigen, nach hinten auslaufenden Schwanz erkennen. Verglichen mit dem hier waren die Löwen ein Kinderspiel gewesen – hier würde uns keine Schmeichelei der Welt helfen. Um es ganz einfach auszudrücken: Wir standen vor einer Killermaschine.

Plötzlich hob das Krokodil seinen Kopf aus dem Wasser und schenkte uns dieses breite Lächeln. Zumindest sollte es wohl wie ein Lächeln aussehen, nur fühlte ich mich angesichts des riesigen geöffneten Mauls mit seinen tödlichen Zahnreihen keineswegs freundlich begrüßt.

»Sieh an, sieh an, sieh an … Besucher«, sagte das Krokodil mit dieser tiefen, dunklen Stimme, die mich bis ins Mark erzittern ließ. »Mich hat noch nie jemand besucht – jedenfalls nicht in *diesem* Käfig hier.«

Natürlich war es Skink, in den als ersten von uns beiden Bewegung kam. »Wir sind hier, um dir ein paar Fragen zu stellen«, sagte er.

»Über uns«, fügte ich hinzu. »Uns Affen, meine ich.«

»Ah«, sagte das Krokodil, »mein Ruf als Historiker eilt mir voraus. Kommt näher, ihr Äffchen, ich beiße euch schon nicht. Ich werde hier ausreichend mit Futter versorgt.«

Wir traten ein Stückchen näher, aber nicht zu nahe – ich hielt mich immer noch weit vom Wasserrand entfernt. Skink stand direkt davor – hatte er denn nicht das kleinste bisschen Angst? Falls doch, dann zeigte er es nicht.

»Mein Freund hier –«, Skink nickte in meine Richtung, »– mein Freund möchte wissen, wie die Affen hierher gekommen sind – hinter den *Zaun*.« Und er erzählte dem Krokodil unsere *Legende* über den *Zaun*.

»Wir möchten wissen, ob das die Wahrheit ist«, fügte ich hinzu.

Das Lächeln des Krokodils wurde noch breiter und es glitt, kaum wahrnehmbar, ein Stückchen näher an uns heran. »Nun, wie in den meisten Geschichten, so steckt auch in dieser ein Körnchen Wahrheit. Genau wie meine Art, so stammt auch ihr Affen nicht von hier.«

»Aber *woher* kommen wir?«

»Oh, da gibt es viele Orte, alle weit, weit entfernt von hier. Und es ist richtig, dass die Menschen euch hierher gebracht haben, nur ist das noch gar nicht so lange her ... und ihre Gründe dafür waren nicht, euch zu beschützen.« Bildete ich mir das ein oder kam das Krokodil noch näher? Weder schienen seine Beine sich zu bewegen, noch ruderte sein Schwanz durch das Wasser, und doch wurde ich das Gefühl nicht los, dass es näher kam, Zentimeter um Zentimeter. Aber ich konnte nicht aufhören, nicht jetzt. Ich musste noch mehr wissen.

»Warum *haben* sie uns hierher gebracht?«

»Aus vielerlei Gründen«, sagte das Krokodil zuckersüß. »Die Beweggründe der Menschen sind *niemals* einfach zu verstehen. Stellt euch vor, erst vor wenigen Jahrzehnten waren sie ganz verrückt darauf, sich in Pelzmäntel aus Affenfellen zu kleiden. Fast eine Million eurer Kameraden wurden getötet, im Namen von etwas, das *Mode* genannt wird …«

Der bloße Gedanke daran ließ mich erschauern. »Das ist ekelhaft!«, rief Schimmie vom Ende des Raums, wo Blok die Wandtür offen hielt.

»Keine Affen eurer Art, möchte ich hinzufügen«, sagte das Krokodil. »Euer Fell ist viel zu … *reizlos.*«

»Warum sind wir *dann* hier?«, fragte ich.

»Hauptsächlich zur Unterhaltung. Natürlich sind nicht alle von euch an Orten wie diesem hier hinter *Zäune* gesperrt, schließlich gibt es mehr als nur eine Art, sich zu unterhalten. Die Menschen finden euch … *amüsant*, also lassen sie euch im Zirkus auftreten –«, ich warf Skink, der das Krokodil nicht aus den Augen ließ, einen raschen Blick zu, » – und manchmal halten sie euch sogar als Haustiere. Und dann stecken sie euch natürlich auch an solche Orte wie hier – Gefängnisse, die sie *Zoo* oder *Wildpark* nennen, wo sie hinkommen, um euch zu begaffen und zu lachen, bevor sie in die Menschenwelt zurückkehren, wo sie nie wieder einen Gedanken an euch verschwenden.«

Ich spürte, wie Tränen sich hinter meinen Lidern sammelten, und blinzelte, um sie zurückzuhalten. Was ich gehört hatte, war schrecklich! Ich war gekommen, um Wahrheiten zu finden, aber nicht dies. Ich sah zu Skink, der mir einen seltsamen Blick zuwarf, als ob er sich wünschte, nicht hier zu sein. Keiner von uns beiden bemerkte, dass das Krokodil noch näher gekommen war und seine gewaltigen Kiefer sich nun in unmittelbarer Nähe von Skink befanden.

»Selbstverständlich«, schnurrte das Krokodil (und seine sanfte Stimme hatte fast etwas Hypnotisches), »gilt es da noch etwas sehr, sehr Wichtiges hinsichtlich euch Affen zu bedenken, einen weiteren Verwendungszweck …«

Es geschah in Bruchteilen von Sekunden. Im einen Moment lag das Krokodil flach und still im Wasser, im nächsten Moment hörte ich das Reptil »FUTTER!« bellen, und schon warf es sich durch die Luft, das riesige Maul mit den rasiermesserscharfen Fressern weit geöffnet, um nach Skink zu schnappen und ihn bei lebendigem Leib zu verschlingen. Das Krokodil war schnell, doch Skink war noch schneller – er sprang hoch in die Luft und mit diesem entsetzlichen Geräusch, einem KLACKKK!, schlossen sich die Kiefer des Krokodils um nichts als leere Luft.

Aber Skink war noch lange nicht außer Gefahr,

o nein. Das Krokodil warf den Kopf in die Höhe und schleuderte den kleinen, noch mitten in der Luft hängenden Affen hinter sich, wo er mit einem Platschen direkt ins Wasser fiel. Skink ging sofort unter und tauchte nicht wieder auf. Das Krokodil gab dieses schreckliche Zischen von sich, wirbelte herum und glitt zurück ins Wasser des Schwimmbeckens, um den kleinen Affen zu suchen. Sein mächtiger Schwanz schlug nach links und rechts und jetzt tauchte auch das riesige Reptil ab, so dass ich nicht mehr als den großen, schwarzen Umriss seines Körpers unter Wasser ausmachen konnte.

Hinter mir ertönte ein Schrei – »Nein!« –, das war Schimmie und erst jetzt fiel mir auf, dass ich so tatenlos herumstand wie eine Ersatzbanane. Ich sah mich um, gerade noch rechtzeitig, um Schimmie hilflos, panisch und vor allem ALLEIN zu erblicken. Blok war verschwunden, die Wandtür, die er aufgehalten hatte, war zugeschwungen – er hatte uns im Stich gelassen! Schimmie zerrte wie verrückt an der Wandtür herum und gab dabei die ganze Zeit diese kleinen Kiekser und Grunzlaute von sich. Ich hastete zu ihm und versuchte zu helfen – ich zerrte so fest an dem Ding, dass die Anstrengung meine Augen hervortreten und beinahe aus ihren Höhlen springen ließ, doch vergebens – die Tür gab nicht nach, sie ließ sich nur von der anderen Seite öffnen. »Blok«, schrie ich, so laut ich konnte, »komm zurück!« Doch von der anderen Seite kam keine Antwort und ich wusste, dass der große, dumme Affe sich wohl kaum noch in der Nähe aufhielt.

Ich drehte mich um und sah zum Schwimmbecken. Weder Skink noch das Krokodil waren aufgetaucht. Ich wusste, dass das Krokodil es ohne Schwierigkeiten lange unter Wasser aushalten konnte, aber Skink …? Der kleine Affe vermochte die Luft bestimmt nicht so lange anzuhalten – oder? Das Krokodil musste ihn längst erwischt haben. Und als nächste wären wir an der Reihe …

Plötzlich rauschte das Krokodil in einem sprühenden Tropfenregen aus dem Wasser. Doch sein Maul war geschlossen und ich sah auch, warum – weil Skink sich mit dem ganzen Körper um die Schnauze des gigantischen Reptils gewickelt hatte. Das Krokodil *konnte* die Kiefer nicht öffnen. Es fiel zurück ins Wasser, dann schoss es wieder daraus hervor, warf den Kopf wild hin und her und versuchte so, den sich daran klammernden, nervtötenden Affen loszuwerden.

Und das war der Moment, in dem ich Skink schreien hörte, doch er rief nicht um Hilfe und er schrie auch nicht vor Angst oder so etwas. Was Skink schrie war ›Jiiiieeee-ha!‹, es klang wie ein schallender Triumphschrei und einmal mehr dachte ich: *Er ist verrückt, er ist wirklich völlig verrückt* … Das Krokodil tobte noch immer durch das Schwimmbecken, Wasser spritzte in alle Richtungen, doch Skink ließ nicht locker.

Dann sah ich es – ein Gitter auf der anderen Seite des Raums, jenseits des Schwimmbeckens. Es war kleiner als die Wandtür, durch die wir gekommen waren, aber es war groß genug. Vielleicht würden wir gerade so hindurchpassen. »Komm mit!«, rief ich Schimmie zu, aber er war so verängstigt, dass seine Beine ihm nicht gehorchten, also packte ich ihn am Arm und zerrte ihn hinter mir her. Wasser ging wie ein Sturzregen auf uns nieder, während wir an der Außenseite des Schwimmbeckens entlangliefen und so das Gitter erreichten.

Wir packten es und rissen so heftig daran herum, wie wir noch nie an etwas gerissen hatten. »Es wird nicht nachgeben!«, keuchte Schimmie, aber damit lag er falsch, ich fühlte, wie es sich ein klein wenig lockerte. Wir mussten nur noch …

Der gepanzerte Krokodilschwanz schoss aus dem Wasser in die Höhe und schlug nach uns. Ich sprang in die Luft, gerade noch rechtzeitig, und fühlte ihn unter mir entlangzischen. Schimmie hatte weniger Glück – der Schwanz erwischte ihn mit einem WAMM! und fegte ihn seitlich gegen die Wand. Ich lief zum Gitter zurück und zerrte ein letztes Mal daran, mit aller verbliebenen Kraft. Und plötzlich hielt ich es in den Händen! Dahinter lag ein Tunnel – wir konnten entkommen!

»Hauen wir ab!«, rief ich. Ich half Schimmie auf die Beine und schob ihn in den dunklen Tunnel. Sein Schwanz schleifte ihm nach und ich stopfte ihn hinterher, dann kletterte ich ebenfalls in die Öffnung. Ich drehte mich um und rief: »Skink!« Der verrückte kleine Affe ritt immer noch auf dem Reptil, ein Arm schwang frei in der Luft. Er schaute zu mir hinüber und grinste und ich sah dieses wilde Leuchten in seinen Augen. Dann ließ er die Schnauze des Krokodils los. Das Reptil riss sofort die riesigen Kiefer auf und entblößte seine messerscharfen Zähne, doch es war zu spät, denn Skink turnte bereits, aus vollem Hals lachend, der Länge nach über den wulstigen Rücken! Das letzte Stück sprang er, kam rennend auf dem Boden auf und duckte sich sofort unter dem Schwanz des Krokodils, der wie eine tödliche Waffe – und nichts anderes war er – durch die Luft peitschte.

Skink kam am Tunneleingang an. Ich streckte ihm eine Hand entgegen. »Schnell!« Aber Skink grinste nur. »Wozu die Eile?«, sagte er. Das Krokodil platschte auf das Ufer zu und schob sich aus dem Schwimmbecken. Doch Skink bewegte sich nicht von der Stelle. Jetzt fing er sogar an zu hüpfen und herumzutanzen und sang dabei sein verrücktes kleines Liedchen, während das Krokodil nah und immer näher trottete. Und Skink hopste und hüpfte immer weiter, selbst als das Reptil ihn schon fast erreicht hatte, und diese gewaltigen Kiefer öffneten sich erneut, so dass wir das rosige Innere des Rachens sehen konnten und die *Zähne,* all diese Zähne …

Im letzten Moment – und ich meine wirklich im ALLERLETZTEN Moment – brachte Skink sich mit einem Sprung in Sicherheit. »Tut mir Leid, aber Affe steht heute nicht auf der Speisekarte!«, kicherte er. Und schon bahnten wir uns unseren Weg durch den pechschwarzen Tunnel und alles, was ich hörte, war das zornige Brüllen des Krokodils, als ihm aufging, dass ihm soeben sein Abendessen entkommen war.

Und dann Schwärze. Es kam mir vor, als würden wir eine Ewigkeit durch diese Dunkelheit krabbeln, ich dachte tatsächlich schon, es *wäre* eine Ewigkeit – doch dann stolperte ich genau gegen Schimmie. Er war stehen geblieben.

»Was ist los?«, fragte ich.

»Er ist zu Ende«, sagte Schimmie und seine Stimme klang in der Enge und Dunkelheit der Tunnelröhre ganz dünn.

»Sehen wir doch mal nach«, sagte ich und drängte mich an ihm vorbei. Der Tunnel *war* zu Ende, wir schienen vor einer weiteren Wandtür angekommen zu sein. Ich drückte mit der Schulter dagegen. Die Tür öffnete sich sofort und kippte mit einem Klappern nach draußen. Kalte Luft schlug mir ins Gesicht.

Ich sprang aus der Öffnung und sah mich um. Es tat gut, wieder draußen zu sein, aber *welches* Draußen war das? Wir standen vor einer Reihe niedriger Gebäude. Alles war hell beleuchtet, aber nicht vom Licht des Mondes – es standen ein paar dieser langen, dünnen Dinger herum, an deren oberen Enden orangefarbene Lampen angebracht waren, die den Ort in recht helles Licht tauchten.

»Was sind das für Dinger?«, fragte ich Skink, der mir und Schimmie gefolgt war.

»Die nennt man Straßenlaternen«, erklärte er.

»Also, wo sind wir?«, fragte ich.

»Ist das nicht offensichtlich? Wir befinden uns außerhalb des Zoos – wir sind in der Menschenwelt …«

Da war es wieder, dieses Wort, das schon das Krokodil benutzt hatte: *Zoo*.

»Du meinst, was das Krokodil gesagt hat … das war alles wahr?«

Skink machte diese kurze, nickende Kopfbewegung, ohne mir dabei in die Augen zu sehen.

Bevor ich noch etwas sagen konnte, ertönte plötzlich dieser Lärm hinter uns. Ich wirbelte herum und bekam gerade noch mit, wie ein Mensch aus einem der Gebäude trat. Er trug die Kleidung der *Wärter*, und etwas klingelte in seiner Hand. Uns im Schein dieser Straßenlaternen zu sehen war keine große Kunst, und genau das passierte – der *Wärter* entdeckte uns. Vor Schreck fiel ihm die Kinnlade herunter, und schon begann er zu schreien: »BLA! BLABLABLA!«

»Lauft!«, rief Skink, doch er hätte sich keine Sorgen machen müssen, denn Schimmie und ich schossen schon davon, so schnell unsere Beine uns zu tragen vermochten – und das war verdammt schnell.

10

Keine Ahnung, wie lange wir rannten – es kam mir wie eine Ewigkeit vor, und als wir endlich anhielten, hämmerte mein Herz, ungefähr so: kaBUMM, kaBUMM, kaBUMM, und mein Atem klang ganz rau, als wäre ich ein kleiner alter Affe oder so was. Schimmie und Skink erging es nicht viel besser.

Ich schaute mich um. Wie es aussah, war niemand uns gefolgt, keine Menschen, die uns dicht auf den Fersen waren. Wir befanden uns auf einer Art Straße, die aber viel größer war als diejenige, die durch das *Gehege* verlief. Ansonsten war da nicht viel – eine niedrige Mauer zu beiden Seiten der Straße und dahinter nur diese großen, flachen Felder. Ich konnte kaum etwas erkennen, denn es war ziemlich dunkel und nur ein einziges von diesen Laternen-Dingern beleuchtete die Gegend. Ich wünschte, wenigstens ein paar Bäume würden herumstehen – es ist nett, zwischen sich selbst und dem Himmel ein paar Äste zu wissen, besonders in Zeiten wie diesen.

»Tja, und jetzt?«, fragte ich.

Schimmie legte sofort los. »Wir müssen zurück! Der *Stamm* wird uns schon vermissen ... und der *Rat* wird durchdrehen! Du hast gesagt, wir wären nicht lange fort ... du hast es GESAGT! Und wir haben erledigt, was wir erledigen wollten.«

Ich sah zu Skink. Der Versuch, all das Revue passieren zu lassen, was uns bisher zugestoßen war, erzeugte ein einziges Durcheinander in meinem Kopf. Ich hatte erwartet, vom Krokodil zu hören, dass ein geringer Teil unserer *Legenden* nicht wahr sei – um sie entsprechend auszubessern, nahm ich an. Damit hätten wir zum *Stamm* zurückkehren und begründen können, warum Skink nicht dafür bestraft werden durfte, dass er sich gegen die *Legenden* ausgesprochen hatte, denn die *Legenden* waren eben nur zum Teil richtig.

Was ich nicht erwartet hatte, war die Auskunft des Krokodils, dass wir Affen uns seit gar nicht allzu langer Zeit hinter dem *Zaun* befanden. Dass es jede Menge Affen gab, die außerhalb des *Zauns* lebten. Dass – und das war das Schlimmste – die Menschen uns zu ihrem Vergnügen hinter den

Zaun gesperrt hatten. Ich war in dem Glauben aufgewachsen, die Menschen seien unsere Beschützer …

Skink schien meine Gedankengänge zu erraten. »Nun pass mal auf«, sagte er. »Du kannst dich nicht auf die Suche nach der Wahrheit machen und dich dann beschweren, wenn du sie gefunden hast. Aber egal, das Krokodil hat uns sowieso nicht alles erzählt – weil es kaum erwarten konnte, uns aufzufressen. Aber erinnerst du dich an das, was ich dir über das Küken in seiner Schale erzählt habe? Bitte, jetzt sind wir aus dem Ei geschlüpft! Die ganze Welt steht uns offen. Wenn du wissen willst, wo eure Ursprünge liegen – vor der Zeit des *Zauns* –, dann findest du das nur hier heraus.« Seine Armbewegung umfasste die uns umgebende Welt. »Ich meine, ist das nicht genau das, was du immer gewollt hast? Die Welt der Menschen zu sehen?«

Bevor ich antworten konnte, trat dieser verschlagene Ausdruck in Skinks Augen. »Und wo wir schon mal hier sind«, sagte er, »könnten wir außerdem eine Menge Spaß mit ihnen haben …« Irgend etwas an dem, was er sagte, bewegte einen Riegel in meinem Kopf. In meinen Gedanken herrschte Verwirrung, aber da war noch etwas anderes, etwas, das neu und erschreckend war … Wut. Wut auf die Menschen …

»Wir gehen weiter«, sagte ich endlich. »Wir können nicht umkehren … nicht, bevor wir nicht alles wissen.« Schimmie stieß diesen langen Seufzer aus, erhob aber keinen Einwand.

Wir marschierten auf eine Reihe von Straßenlaternen zu. Kurz darauf kamen wir an diesen schachtelartigen großen Dingern vorbei, die beidseits der Straße standen und die Skink *Wohnhäuser* nannte. Ein wenig glichen sie den Schlafhütten in unserem *Gehege*, nur waren sie viel größer und prachtvoller. In den meisten von ihnen herrschte Dunkelheit, doch dann kamen wir an diesem Haus vorbei, in dem man ein paar Menschen sehen konnte – sie saßen und ihre Gesichter wurden von einem blauweißen Flackern aus der Ecke eines Raums erleuchtet. Einer der Menschen schlief und der andere hatte diesen seltsamen Ausdruck im Gesicht, als wäre sein Gehirn abgeschaltet worden oder so etwas.

»Das ist das Ding, von dem ich dir erzählt habe«, sagte Skink. »Fernsehen.«

Wir standen nur dort in der Dunkelheit und betrachteten die in ihren *Sesseln* zusammengesunkenen Menschen.

»Und jetzt frage ich euch«, sagte Skink mit einer Spur von Verachtung in der Stimme, »sieht das da für euch aus wie die *Krone der Schöpfung*?« Ich musste ihm zustimmen, dass dem nicht so war.

Genau in diesem Moment brauste ein Auto an uns vorbei. Wir duckten uns, um nicht entdeckt zu werden. Unsere Sorge war überflüssig, es fuhr zu schnell. Skink sah ihm nach, als es davonraste, und in sein Gesicht schlich sich ein Grinsen.

»Das wäre doch mal eine Idee«, sagte er. »Wir sollten uns motorisieren.« Was auch immer *das* nun wieder heißen mochte …

Wir versteckten uns hinter den Büschen. Der Plan war uns allen dreien bekannt – Skink hatte ihn nur ungefähr zwei Millionen Mal für uns wiederholt. Wir befanden uns am Rand eines weitläufigen Geländes, das Skink *Parkplatz* nannte und in dessen Nähe ein *Supermarkt* stand … das war eine Art großer *Einkaufsladen* … und das war ein Ort, wo die Menschen sich mit Futter und so weiter versorgten. Puh, ich hoffe, ich hab das richtig hingekriegt!

Langsam wurde es kalt. »Wie lang soll das denn noch dauern?«, fragte ich brummig.

Schimmie steuerte ein gepiepstes »Ich hab Hunger!« bei, das in der Dunkelheit mehr als mitleiderregend klang.

»Pssst!«, zischte Skink. »Da kommt gerade einer.«

Ich lugte durch den Busch. Er hatte Recht – da war ein Mensch und er kam genau in unsere Richtung. In jeder Hand trug er etwas – *Einkaufstaschen,* sagte Skink. Als ich beobachtete, wie dieser Mensch sich auf uns zu bewegte, fühlte ich Wut auf ihn und seine ganze Art in mir aufsteigen. Wie hatte ich so dumm sein können, sie für unsere Beschützer zu halten – das vornehmste und weiseste aller Tiere? Als ich diesen Menschen jetzt betrachtete, sah ich etwas ganz anderes – das ungelenke Gewatschel, die sinnlose Kleidung, das selbstgefällige, glatte Gesicht.

Der Mensch ging zu seinem Auto, nahm beide Taschen in eine Hand und förderte ein paar glänzende, klimpernde Dinger zu Tage – *Schlüssel,* sagte Skink (und erklärte uns, dass dies die Dinger seien, in deren Besitz wir gelangen mussten).

»Jetzt?«, fragte ich.

Skink schüttelte den Kopf – noch nicht. Eine Weile lang fummelte der Mensch mit den Schlüsseln herum, auf diese ungelenke Art, wie sie den

Menschen eigen ist, bevor er die Autotür öffnete.

»Jetzt!«, brüllte Skink, und er stürzte mit rudernden Armen nach vorn wie das wilde Tier, das er war. Ich war der nächste in der Reihe, dann kam Schimmie. Der Mensch schaute auf und sah drei kreischende Affen durch die Luft sausen. Ich erhaschte einen Blick auf sein erstauntes Gesicht, auf den Mund, der sich ringförmig öffnete und AAAAHHHHH! machte. Das Geräusch war witzig und ich hätte gelacht, wenn ich nicht damit beschäftigt gewesen wäre, ihm die Einkaufstaschen aus der Hand zu reißen. Schimmie hockte auf den Schultern des Menschen und zerzauste ihm die Haare, während Skink an der anderen Hand zugange war, der wichtigeren Hand, in der sich die Schlüssel befanden.

Jetzt stieß der Mensch dieses komische Heulen aus, so ein IIIEEEHHHHH!, und ich schätzte, dass es nicht lange dauern konnte, bis andere Menschen angerannt kamen, um nachzusehen, was hier passierte. Doch schon hielt Skink triumphierend eine Hand hoch und rief: »Hab sie!« und ich sah etwas Glänzendes zwischen seinen Fingern aufblitzen. Die Schlüssel! Ich ließ mich zu Boden fallen, Skink tat es mir nach. Das war der

Moment, in dem der Mensch gründlich die Nase voll hatte – mit einem letzten Schrei wirbelte er herum und rannte davon, den Lichtern des Supermarkts entgegen. Es gab da nur ein Problem – Schimmie saß noch immer auf seinen Schultern! Vor lauter Angst wagte er nicht abzuspringen.

»Spring schon, du Idiot!«, rief Skink.

»Spring, Schimmie, spring!«

Dieses schreckliche Bild blitzte vor mir auf – der Mensch, wie er in den Supermarkt stürmte, der voller anderer Menschen war, und Schimmie, der auf seinen Schultern ritt! Was würden sie tun? Aber jetzt kam Schimmie zur Besinnung. Er ließ die Haare des Menschen los, an denen er sich festgekrallt hatte, und hopste zu Boden. Der Mensch rannte weiter und Schimmie kam zu uns und dem Menschenauto zurückgetrollt. Besorgt bemerkte ich, wie verwirrt und verängstigt er aussah. Mit einer Hand zauste ich ihm beruhigend über den Kopf, erhielt als Antwort aber nur ein dünnes Lächeln.

»Gut, und jetzt?«, fragte ich Skink.

»Ins Auto, schnell«, befahl er. »Es wird nicht lang dauern, bis die Menschen hier sind.«

Also kletterten wir ins Auto und nahmen unsere Positionen ein, genauso, wie Skink es uns erklärt hatte. Aus dem Boden des Wagens ragten diese drei kleinen Dinger raus – Skink hatte sie *Kupplung, Bremse* und *Gas* genannt. Das gemeinsame Wort für alle drei war *Pedale*. Ich hockte mich neben die ersten zwei, bereit, sie mit den Händen zu bedienen. Schimmie kauerte sich neben mich, um auf das *Gas* zu drücken, sobald Skink den Befehl dazu gab.

Skink stand aufrecht auf dem *Fahrersitz*, der sich dort befindet, wo sich normalerweise die Menschen ins Auto setzen. Seine Aufgabe war es, etwas zu bedienen, das *Gänge* genannt wurde – was auch immer das sein sollte – und das große runde Dreh-Ding zu bewegen, mit dem man dem Auto die Fahrtrichtung vorgab – das *Lenkrad. Zunächst* steckte er den Schlüssel in ein kleines Loch und drehte ihn um, während Schimmie und ich auf seine Anweisungen die Pedale drückten. Das Auto gab dieses gewaltige Röhren von sich. Wir waren startbereit!

Skink rief uns zu, welches Pedal gedrückt oder losgelassen werden musste, und so fuhren wir los – Schimmie und ich geduckt an den Pedalen, Skink lauthals Anweisungen schreiend. Manchmal rief er »Schneller!«, worauf Schimmie auf das Gas drückte. Manchmal rief er »Kupplung!«, und wenn ich dann das Pedal drückte, hantierte er mit den Gängen, worauf das Brummgeräusch des Autos sich veränderte. Manchmal rief er »Bremse!« und wir wurden langsamer.

Natürlich konnten Schimmie und ich, eingeklemmt zwischen die Pedale, nichts sehen. Wir konnten nur *fühlen,* wie das Auto schneller oder langsamer wurde. Aber Skink konnte alles auf der vor uns liegenden Straße erkennen und versorgte uns laufend mit Schilderungen, so dass auch wir mitbekamen, was da oben vor sich ging.

»Okay, wir verlassen gerade den Parkplatz, wir sind auf der Straße ... schneller, Schimmie ... ein Haufen Häuser und Geschäfte zu beiden Seiten ... Kupplung, Gas! ... aber nicht besonders viele Menschen auf den Straßen, wahrscheinlich wissen sie, dass das gesünder für sie ist, he, he, he ... Kupplung und Bremse! ...« So machte er eine ganze Weile lang weiter und meldete uns, was er sah.

Meist lag sein Gesicht im Dunkeln, aber dann und wann wurde es von draußen beleuchtet und ich konnte einen Blick auf ihn erhaschen. Das Seltsame war, dass Skinks Stimme so frech wie immer klang, sein Gesicht aber etwas ganz anderes sagte. Es lag ein Ausdruck darin, der ihn ... nun ja ... der ihn *verloren* erscheinen ließ, würde ich sagen. Doch dann wurde sein Gesicht wieder von der Dunkelheit verschluckt und wir hörten nur noch seine gewohnt laute, uns anfeuernde Stimme.

Plötzlich befahl Skink uns anzuhalten. Ich schlug mit beiden Fäusten auf die Pedale. Mit einem Ruck kamen wir zum Stehen und polterten alle nach vorn. *Dotz!*

»Aua!«, schrie Schimmie.

»Supersanft gebremst«, sagte Skink.

Ich rieb mir den Kopf, auf dem eine hübsche kleine Beule wuchs, wo ich ihn mir angeschlagen hatte, und fragte, wo wir waren.

Skink drehte sich um und ergriff etwas vom Rücksitz des Wagens – ein Stück Menschenkleidung, das sie sich bei kaltem Wetter um den Hals wickeln, erklärte er – ein Schaf? Nein, er nannte es *Schal*. Dann öffnete er die Fahrertür.

»Wird Zeit für ein bisschen Spaß!«, sagte Skink und stieß dieses dunkle Gelächter aus, unter dem sich mir am ganzen Körper die Haare aufstellten.

11

Wir befanden uns außerhalb einer Art Gebäude, das kein Wohnhaus war. Ich nahm an, dass es irgendein weiteres Ladengeschäft sein musste. Es hatte diese großen Glasfenster und dahinter standen vier oder fünf Menschen in einer Reihe, als ob sie auf etwas warteten.

»Was ist das für ein Ort?«, fragte ich Skink.

Der kleine Affe hob den Kopf und sog schnüffelnd Luft ein. »Dem Geruch nach gibt's hier Hamburger und Hot Dogs«, verkündete er, ohne dass mir das auch nur einen Deut weiterhalf. Was waren *Hamburger* und was hatten heiße Hunde damit zu tun? Dann blinzelte er mir zu. »Pass mal auf.«

Er sprang aus dem Auto, in einer Hand das Schal-Ding, und lief zur Tür des Ladens hinüber. Dort stellte er sich auf die Zehenspitzen und band ein Ende des Schals an das Ding, das aus der Tür herausragte und das man *Türgriff* nennt. Er zurrte den Schal so fest, wie er nur konnte, und band dann das andere Ende um einen nahen Laternenpfahl. Mit einer Handbewegung rief er uns zu sich.

Schimmie sah elend und ängstlich aus, er tat mir Leid. Aber ein Teil von mir brannte darauf, zu sehen, was Skink vorhatte. »Ist schon gut«, sagte ich. »Wenigstens dieses eine Mal können *wir* etwas Spaß mit *ihnen* haben.« Schimmie gab keine Antwort. Wir gesellten uns zu Skink vor den Laden und warteten.

Es dauerte nicht lang, bis an der Tür gerüttelt wurde – einer der Menschen versuchte den Laden zu verlassen, was der Schal aber verhinderte. Der Mensch versuchte es noch einmal, diesmal mit mehr Kraft – die Tür erbebte, weigerte sich aber nachzugeben. Der Schal hielt stand.

Jetzt beschloss Skink, sich zu zeigen. Er sprang vor dem großen Fenster hoch, zog Grimassen und bleckte vor den Menschen hinter Glas die Zähne. Er drückte seine Lippen auf die Scheibe, so dass sein Gesicht ganz verzerrt aussah, schlug mit seinen kleinen Fäusten auf das Fenster ein, bis es erbebte und schnalzte verächtlich und mit größtmöglicher Lautstärke.

»Seht sie euch an!«, rief er. Ich stellte mich auf die Zehenspitzen und sah ebenfalls durch das

Fenster – die Menschen dahinter schienen unentschieden zwischen Erstaunen und Wut zu schwanken. Jetzt zerrten schon ein paar von ihnen an der Tür, bis ihre Gesichter schweißbedeckt waren und sie vor Anstrengung die Augen verdrehten. Kein Glück. Die anderen sahen Skink bei seinem Herumgehüpfe zu.

Ich weiß nicht, warum, aber mir war selbst nach Tanzen und Lachen zumute und am liebsten hätte ich aus vollem Hals gesungen. Nein, das stimmt nicht – ich weiß *doch,* warum. Es war etwas Wunderbares daran, all diese Menschen dort eingeschlossen zu sehen – keiner wusste, was zu tun, geschweige denn, was überhaupt los war. Ein gigantisches Lachen platzte aus mir heraus. Schimmie hatte sich zu uns vor das Fenster gesellt und selbst er musste jetzt kichern. Einer der Menschen schüttelte drohend eine große, haarlose Faust in unsere Richtung und donnerte damit gegen die Innenseite des Fensters, als ob uns das verscheuchen würde. Genau, mach nur! Das ließ uns nur noch lauter lachen – tatsächlich konnten wir gar nicht damit *aufhören*, denn wann immer unser Gelächter zu verebben drohte, fassten wir die hilflos eingeschlossenen Menschen erneut ins Visier. Wir warfen die Köpfe in den Nacken vor

Lachen und wir überschlugen uns vor Lachen und es hörte immer noch nicht auf.

Ich glaube, wir hätten stundenlang so weiter gemacht, wenn nicht vom Ende der Straße dieser laute, harsche Schrei erklungen wäre.

»BLA, BLA!«

Ein großer, kräftiger Mann kam auf uns zugelaufen. Etwas an diesem Menschen kam mir bekannt vor. Erschreckt bemerkte ich, dass er einer der *Wärter* aus dem Zoo war. Man konnte es an seiner Kleidung erkennen, die Männer trugen immer die gleiche. Ein weiterer *Wärter* erschien, dann noch mehr. Wie erstarrt sah ich sie näher kommen. Der erste *Wärter* blieb stehen und hob eine Art schwarzes Stab-Ding in Schulterhöhe, das auf uns zeigte. Dann war da dieses ploppende Geräusch und etwas sauste an meinem Ohr vorbei.

Das löste unsere Starre in null Komma nichts. Schimmie und ich stürmten zurück zum Auto. Skink kam nach, aber erst legte er noch die Hände zu einem Trichter um den Mund und schrie den im Laden eingeschlossenen Menschen zu: »Und, wie gefällt euch *das*, he?« Dann brach er in wildes Gekicher aus.

Wir nahmen dieselben Positionen ein wie zu-

vor. »Kupplung!«, rief Skink – ich drückte auf das Pedal. Ich war fest davon überzeugt, dass wir es nicht schaffen und die *Wärter* uns schnappen würden. Ein großes Menschengesicht erschien am Fenster der Fahrertür. Der *Wärter* schlug auf die Scheibe ein. »Los!«, schrie Skink. Schimmie und ich bedienten die Pedale und mit einem gewaltigen Satz nach vorn und unter schrillem Quietschen setzte das Auto sich in Bewegung. Wir rasten los und ließen die *Wärter* hinter uns zurück. Skink lachte, als wäre er wahnsinnig geworden. »Tschüss, ihr Ekelpakete!«, rief er über die Schulter.

Ich war nicht ganz so glücklich wie er. »Hast du nicht gesehen, wer das war?«, sagte ich. »*Wärter* – sie suchen nach uns! Und es waren massenweise *Wärter* …« Schimmie, der bei den Pedalen neben mir kauerte, gab dieses verängstigte kleine Geräusch von sich, das etwa so klang: *ieep!*

»Keine Sorge«, sagte Skink. »Wir werden ihnen locker immer einen Schritt voraus sein, kein Problem.«

Das überzeugte mich nicht. »Was war das, womit sie auf uns gezeigt haben? Dieses Stab-Ding?«

»Ein *Gewehr*«, antwortete Skink. »Die benutzen sie, um sich damit gegenseitig umzubringen.«

Großartig, dachte ich, *genau das, was ich hören wollte.*

»Wie ich schon sagte, nur keine Sorge«, fügte er hinzu. »Für uns nehmen sie besondere Pfeile – die lassen einen einschlafen, damit man zurückgebracht werden kann. Aber nicht mit mir – die werden diesen Affen nie wieder in ihre stinkenden Finger kriegen!«

Etwas an der Art, wie er das sagte – mit so viel Zorn in der Stimme –, ließ mich für eine Weile keine Fragen mehr stellen. Wir fuhren schweigend weiter. Ich war froh, nichts außerhalb des Wagens sehen zu können, froh darüber, einfach nur die Schatten vorbeihuschen zu lassen.

Aber dann sagte Skink: »Hey, Moment mal, was ist das denn?« Er hatte etwas dort draußen gesehen. »Schneller, Schimmie!« Schimmie drückte das Gaspedal fester und ich konnte spüren, wie der Wagen an Geschwindigkeit gewann.

»Mach schon, schneller«, schrie Skink.

»Weiter geht es nicht mehr runter!«, sagte Schimmie. Das überraschte mich nicht – es fühlte sich an, als würden wir *sehr* schnell fahren.

»Was ist los?«, fragte ich.

Skink hatte sich vornüber gebeugt, sein Kopf

und die Schultern hüpften vor Aufregung auf und ab.

»Da laufen ein paar Menschen rum«, keuchte er. »Denen soll es Leid tun, dass sie ihre Häuser verlassen haben! Schneller!« Er begann wieder zu kichern – ein verrücktes, schrilles Kichern – und als ich aufblickte, sah ich, dass dieses wilde Funkeln in seine Augen zurückgekehrt war.

Plötzlich wurde mir klar, was er vorhatte. Er steuerte den Wagen auf die Menschen zu! Er versuchte sie zu töten! Der Gedanke traf mich mit der Wucht einer kalten Dusche. Ich wusste, dass Skink voller Hass gegen die Menschen war – ich hatte dieses Gefühl der Wut geteilt, es sogar genossen –, aber das hier war mir zu viel.

Ich sprang auf und schrie: »Nein!« Ich griff in das Lenkrad, riss es zur Seite und der Wagen geriet ins Schlingern. Von draußen erklang dieses entsetzliche Quietschen. Skink wollte etwas sagen: »Was zum –«, doch da schleuderte der Wagen schon um seine eigene Achse und ich hörte diesen Schrei, etwa so: *waaaaahhh!*, nur konnte ich nicht sagen, wer genau ihn von sich gab, denn wir schrien alle drei gleichzeitig. Und plötzlich war die ganze Welt erfüllt von einem einzigen, tosend lauten Geräusch:

KKKKKRRUUNCH!

Und ich wurde nach vorn und in die Pedale geschleudert.

Ich glaube, für einen kurzen Moment verlor ich wirklich das Bewusstsein und mein Gehirn brauchte einen Augenblick, bis es seine Arbeit wieder aufnahm. Als erstes fiel mir auf, dass wir uns nicht mehr bewegten. Dann, dass ich die Motorengeräusche des Wagens nicht mehr hörte. Was ich hören *konnte*, war Schimmie, der über mich gebeugt war und immer wieder rief: »Gis, Gis! … Wach doch auf!«, und all so etwas.

Ich setzte mich und bewegte Finger und Zehen – wenigstens die waren in bester Ordnung. Skink drückte die Autotür auf.

»Was ist passiert?«, wollte ich wissen.

»Keine Zeit«, keuchte er. »Wir müssen hier raus, SOFORT!« Ich konnte hören, warum – auf der Straße klapperten Schritte und kamen näher – Menschen! Schimmie und ich krabbelten aus der Tür. Ich sah die Straße hinab. Zwei Menschen kamen auf uns zu gerannt. Das Auto war ein einziger Schrotthaufen. Die Vorderseite drückte zusammengequetscht gegen einen Baumstamm. Der Baum sah nicht besonders mitgenommen aus und irgendwie erfüllte mich das mit Freude, als ob der Baum das Auto besiegt hätte oder so etwas.

Skink trollte bereits in der den Menschen entgegengesetzten Richtung davon. Wir sprangen ihm nach. Meine Seite tat weh wie verrückt – ich wusste nicht, ob der Autounfall daran Schuld hatte oder unser ständiges blödes Herumgerenne. Eigentlich war es egal – wir waren immer noch schneller als die Menschen, die, wenn wir mal ehrlich sind, bei solchen Verfolgungssachen keine besonders gute Figur machen. Ich warf einen Blick zurück und sah ein Grüppchen von ihnen bei dem Auto stehen, wo sie herauszufinden versuchten, was geschehen und wo der Fahrer des Wagens abgeblieben war.

Wir rannten weiter. Wir hatten keine Ahnung davon, wo wir waren oder wohin wir liefen, aber wir rannten trotzdem weiter.

»Ich muss bald mal ... bald mal anhalten«, keuchte Schimmie.

Doch Skink war bereits stehen geblieben und kletterte über eine Art Metallzaun. Ich konnte nicht sehen, was dahinter lag, aber eines wusste ich ganz sicher – es roch nicht besonders gut.

»Wo sind wir?«, fragte ich.

»Städtische Müllhalde«, sagte Skink. »Hier

können wir uns eine Weile verstecken. Vielleicht finden wir sogar etwas zu fressen.«

Pling! Das waren die Zauberworte für Schimmie – »etwas zu fressen«. Er begann den Zaun zu erklimmen und ich kletterte ihm nach.

12

Das erste, was wir auf der anderen Seite sahen, waren diese beiden großen *Lastwagen*, die in etwa einem Auto gleichen, aber um einiges größer sind. Sie standen dort, als würden sie den Ort bewachen oder so etwas. Hinter ihnen erhoben sich diese hohen Hügel von *Irgendwas*. Ich war mir nicht sicher, was genau es war, aber es stank nicht schlecht. Und genau darauf marschierte Skink zu. Ich hielt mir die Nase zu und folgte ihm. Wir benutzten einen Pfad, der sich zwischen den Hügeln hindurchschlängelte. Kurz darauf hatten wir die Straßenlichter hinter uns gelassen.

»Puhhh«, machte Schimmie.

»Das ist Müll«, sagte Skink. »Riecht nicht gut, aber man kann eine Menge nützlicher Dinge darin finden. Das alles haben die Menschen fortgeworfen.«

Er fingerte an einem großen schwarzen Sack herum und fabrizierte ein Loch hinein. Eine Weile stöberte er in den Sachen herum, die herausgefallen waren, dann sagte er: »Seht ihr!« Inmitten der Papierchen, der leeren Schachteln und all dem Zeugs hatte er Fressen gefunden. Ich sah es mir näher an – ein paar alte Karotten und einige Kohlblätter, dem Geruch nach nicht die frischesten. Was Schimmie nicht davon abhielt, darüber herzufallen. Er begann, sich mit dem Futter vollzustopfen.

Ich knabberte ebenfalls an einer Karotte. Sie schmeckte nicht schlecht, aber ich dachte: *Wie weit ist es mit uns gekommen, wenn wir ein bisschen stinkendes Gemüse schon für ein Festmahl halten?*

»Es muss noch viel mehr davon hier herumliegen«, sagte Skink. »Besseres Futter als das!« Er ging los, um den nächsten Sack zu untersuchen, aber ich griff nach seinem Arm. Er schuldete mir eine Erklärung.

»Moment mal! Was sollte das vorhin?«, verlangte ich zu wissen. Ich war ziemlich wütend. »Im Auto. Du hast versucht, die Menschen zu überfahren, stimmt's?«

»Nein. Ich wollte sie nur ein bisschen erschrecken, mehr nicht«, sagte Skink. Es war zu dunkel, als dass ich seinen Gesichtsausdruck hätte studieren können. Sagte er die Wahrheit? Ich war mir nicht mehr sicher.

»Nun, jedenfalls ist es dir gelungen, *uns* zu erschrecken. Was geht bloß in dir vor?«

»Das verstehst du nicht.«

»Was verstehe ich nicht?«

»Willkommen in der Welt hinter dem *Zaun*«, sagte er mit einer Armbewegung, die nicht nur diese stinkende Müllhalde, sondern die ganze Welt zu umfassen schien. »Schau dich doch mal um und sag mir, was du siehst. Den Menschen gehört alles. Wo ist da noch Platz für uns? Wo ist Platz für all die anderen Tiere? Ein paar von ihnen werden vielleicht gern *gegessen*, also machen die Menschen Hamburger oder Hot Dogs oder sonst was aus ihnen. Vielleicht gibt es Tiere, die *ganz lustig* sind, also bringen die Menschen ihnen blödsinnige Kunststückchen bei und stellen sie zur Schau. Vielleicht sind sie einfach nur *niedlich* und werden deshalb in Zoos gesperrt, wo die Menschen hinkommen, um sie zu begaffen ...« Jetzt brüllte er, und das wütende Funkeln war in seine Augen zurückgekehrt – stärker, als ich es jemals für möglich gehalten hätte. »Sie werden in winzige Käfige oder hinter Zäune gesteckt oder die Flügel werden ihnen beschnitten, damit sie nicht davonfliegen können … Es ist, als ob jedes Tier nur das ist, was der Mensch in ihm sieht.«

Er hielt inne, um Luft zu holen … Und das war der Moment, in dem wir es hörten – ein Trippeln wie von unzähligen kleinen Füßen und eine Art Flüstern, das uns von allen Seiten einkreiste. Zunächst war es zu leise, um es verstehen zu können, doch dann wurde es immer lauter und es klang wie: »Wir nichhhhhhht!« Aber in der Dunkelheit war nichts zu erkennen.

»Hey!«, rief Schimmie erschrocken aus. »Hier ist noch jemand!« Der kleine Affe trollte sich zu mir und Skink. »Ich mag diesen Ort nicht. Können wir jetzt gehen?«

Aber etwas sagte mir, dass es dafür zu spät war. Das Flüstern war lauter geworden, es umgab uns von allen Seiten und ich hatte das schreckliche Gefühl, beobachtet zu werden – beobachtet aus Hunderten von Augen, die sich in der Dunkelheit versteckt hielten. Ich hörte das Schnappen scharfer Zähne und ein unterdrücktes Lachen. Die Angst kroch in meinen Bauch zurück. Ich sah zu Skink, der sich langsam erhob.

»Wer ist da?«, sagte er, und zum ersten Mal, seit ich ihn kennen gelernt hatte, kam mir seine Stimme müde vor. Er erhielt keine Antwort, aber das Flüstern wurde lauter. Und schließlich löste sich langsam etwas aus der vor uns liegenden Dunkelheit. Es war eine Ratte – eine große Ratte mit verfilztem, räudigem Fell und hochgezogenen Schultern. Selbst in der Dunkelheit konnte ich die haarlosen Stellen erkennen, wo Narben ihren Körper zierten. Blutrote Augen, in denen man lesen konnte, wie gerissen die Ratte war, starrten uns an. Diese Augen waren hart und voller Kälte. Als würde ihnen etwas fehlen.

»Dieser Ort gehört uns«, zischte die Ratte, nur sagte sie es so, dass es klang wie *unssssss.* »Dassss ist unser Ort.« Und aus jeder Richtung kam das unheimliche Echo: *gehört unssss, gehört unssss.* Es sah aus, als bewegten sich um uns herum Tausende von Schatten. Ich hasste den Gedanken, wie viele es sein mochten.

Jetzt stand ich auf. »Wir wollten gerade gehen«, sagte ich so höflich, wie ich konnte, und machte einen Schritt zurück. »Wir wollten nicht, ihr wisst schon, hier eindringen oder so etwas ... Wir wollten wirklich gerade –«

»Was soll der Quatsch? Dieser Ort gehört euch ganz und gar nicht«, fiel Skink mit bitterer Stimme ein. »Er gehört den Menschen, wie alles andere auch.«

Die Ratte setzte ein mörderisches Lächeln auf. »Den Menschen am Tag«, sagte sie, »aber in der Nacht gehört er unssss«, und plötzlich bemerkte ich, dass ich in der uns umgebenden Dunkelheit noch mehr Augen sehen konnte. JEDE MENGE Augen, die alle näher rückten.

»Blödsinn!«, schnaubte Skink und ich fragte mich, ob er irgendeinen schlechten Scherz machte. »Die Menschen haben die Müllhalde errichtet, oder etwa nicht? Sie bringen den ganzen Müll, damit sie immer weiter wachsen kann. Und ob dieser Ort ihnen gehört – *ihr* lebt hier nur.« Ich warf Skink einen nervösen Blick zu. Was tat er da? Das war hoffentlich ein Trick, und zwar ein guter, um uns irgendwie hier herauszubringen. Skink fuhr fort. »Das ist das Problem mit Tieren wie euch. Ihr seid von den Menschen abhängig – lebt von dem, was sie übrig lassen, kriecht durch ihre Abwasserkanäle und ihre Gassen. Ihr lebt versteckt in den Lücken der menschlichen Gesellschaft, behauptet aber, unabhängig zu sein!« Das Flüstern um uns herum war stetig lauter und wütender geworden.

Und doch konnten wir noch immer nur die eine Ratte sehen. Das mörderische Lächeln verblasste nicht, die blutroten Augen ruhten starr auf uns.

»Sonst noch wassss?«, zischte die Ratte.

Skink verschränkte die Arme. »Ich denke, das war's.« Schlagartig wurde mir klar, dass Skink uns diesmal nicht herausreden würde. Es war, als hätte er all seine Tricks ausgespielt und als wäre nichts als diese ihn gänzlich verzehrende Wut übrig geblieben.

»Na gut.« Die Ratte senkte unmerklich den Kopf ... und dann zischte sie: »Jetzzzzzzt!«

Da war dieses entsetzliche kreischende, quiekende Geräusch und schon schnellte ein gutes Dutzend dunkler Umrisse aus den Schatten heraus und durch die Luft. Drei oder vier von ihnen landeten auf mir und ich spürte, wie Zähne sich in mein Fell gruben. Ich riss sie von mir herunter und warf sie fort, doch schon flogen weitere Ratten auf mich zu. Es war, als wären sie überall, als ob ich mich in einem riesigen Maul voller kleiner, rasiermesserscharfer Zähne befand. Sobald ich eine von ihnen von mir gerissen oder fortgetreten hatte, sprangen zwei oder drei neue heran und nahmen ihren Platz ein. Ich torkelte zurück und sah, dass Schimmie und Skink über und über von unseren Angreifern bedeckt waren. Und inmitten all der Angst und der Schmerzen trieb dieser seltsame Gedanke an die Oberfläche meines Bewusstseins: *Wir haben die Löwen und das Krokodil überlebt! Wie kann ein Haufen dreckiger alter Ratten uns fertig machen?* Es schien einfach nicht fair.

Doch plötzlich mischte sich ein neues Geräusch in das bösartige Quieken der Ratten – ein tieferes Geräusch, eine Art Bellen. Ich hob den Kopf und sah, wie ein großes Tier inmitten der Ratten landete und sie mit kräftigen Bissen auseinander trieb. Die ersten Ratten begannen sich in die Müllberge zurückzuziehen. Das Tier schnappte sich eines der an mir hängenden Biester am Nacken und schleuderte es beiseite, dann noch eines, und noch eines.

Jetzt scheuchten die Ratten überall herum und versuchten sich vor diesem grollenden, heulenden Tier, dem die ganze Sache mordsmäßig Spaß zu machen schien, in Sicherheit zu bringen. Ich rannte zu Schimmie, der zu Boden gegangen war. Zwei Ratten hingen noch immer an ihm, aber es war ein Leichtes, sie davonzujagen. Auch Skink stand auf den Beinen. Mehr und mehr Schatten flüchteten sich in die Dunkelheit.

Das große Tier, ein Weibchen, trottete zu uns herüber. »Das war großartig!«, sagte sie mit einem breiten, etwas dämlichen Grinsen, während ihr Schwanz hin und her fegte, als besäße er ein eigenes, tatendurstiges Leben. »Trotzdem solltet ihr drei besser an Bord gehen, bevor Ratten-Johnny mit Verstärkung anrückt, he?« Das Tier legte sich hin, damit wir auf seinen Rücken klettern konnten. Ich stieg als erster auf, gefolgt von Schimmie und Skink.

Das Tier erhob sich. »Grapscht euch etwas Fell«, sagte es über die Schulter. »Könnte ein holpriger Ritt werden.«

Sie lief auf den Ausgang der Müllhalde zu.

13

Das große Tier musste sich durch ein Loch im Zaun zwängen, um die Müllhalde zu verlassen. Sobald wir draußen waren, wandte es sich nach links und lief die Straße hinab. Ich machte mir nicht die Mühe, unseren Weg zu verfolgen. Ich wollte nur noch die Müllhalde so weit wie möglich hinter mir lassen, also schloss ich einfach die Augen und hielt mich fest.

Nach ein paar Minuten blieb das Tier stehen und ging in die Knie, um uns absteigen zu lassen.

»Danke«, sagte ich. »Dafür, dass du uns gerettet hast, meine ich.«

Im Gesicht des Tiers ging das Lächeln auf wie die Sonne. Eine feuchte, rosige Zunge hing ihm zum Mundwinkel heraus.

»Echt kein Ding«, sagte es. »Die Ratten über die Halde zu scheuchen ist sowieso mein Hobby. Heute Nacht wusste ich, dass da etwas im Busch war – konnte es riechen.« Es runzelte die Augenbrauen und schob den großen Kopf ein wenig näher. »Ihr Jungs seht nicht gerade besonders fit aus, wenn ich das mal so sagen darf.«

Ich sah die anderen beiden an. Es stimmte – sie waren über und über von den Ratten zerbissen worden und ich bot bestimmt keinen besseren Anblick. Schimmie sah aus, als stünde er unter Schock oder so etwas. Er hatte seine Arme um sich geschlagen als wäre ihm kalt. Auf der Müllhalde hatten wir kaum etwas gegessen und wir froren und waren müde.

»Wir sind so weit okay«, sagte ich. »Nur hungrig.« Dann fragte ich: »Wer bist du?«

Aber Skink kam ihr zuvor. »Sie ist ein *Hund*«, sagte er und sprach das Wort *Hund* so aus, als würde er eine Gräte ausspucken oder als sei es etwas Schmutziges.

»Ich heiße Kayleigh«, sagte die Hündin, »aber die Menschen nennen mich ›Pfirsich‹. Mir Wurst, bei welchem Namen ihr mich nennt.«

»›Kayleigh‹ gefällt mir gut«, sagte ich, aber Skink ließ nicht locker.

»Wie sagen sie dann zu dir? ›Hol das Stöckchen, Pfirsich‹? ›Hier hast du einen Schokodrops, Pfirsich‹? ›Braver Hund … Pfirsich‹?« Seine Stimme war voller Wut und Verachtung. Ich fand, dass er sich dieser Hündin gegenüber, die uns immerhin vor ungefähr fünfzig Millionen Ratten gerettet hatte, ziemlich unhöflich verhielt. Aber Kayleigh schien das nichts auszumachen oder wenn es das tat, hatte sie zu viel Klasse, um es zu zeigen.

Sie rümpfte ein klein wenig die Nase, sah ausschließlich mich an und sagte: »Hör mal zu. Meine Menschen lassen die Tür für mich offen, damit ich ins Haus zurück kann. Da dürfte sich

für euch Jungs sicher ein bisschen was zu Beißen finden lassen. Was hältst du davon?«

Sie machte wohl Scherze. Das klang fantastisch! Wir stiegen wieder auf und Kayleigh trottete die Straße hinab. Dass sie drei Affen auf ihrem Rücken trug, schien sie in keiner Weise zu bremsen. Während unseres Weges versuchte ich, so viel wie möglich über unsere Retterin herauszufinden.

»Dann wohnst du wirklich bei den Menschen?«, fragte ich. Kayleigh lief weiter, drehte aber den Kopf ein wenig, um mir zu antworten.

»Klar tu ich das. Meine Familie ist echt nett – sie gehen zweimal am Tag mit mir in den Park und ich darf im Auto mitfahren und den Kopf zum Fenster rausstrecken und, na gut, sie mögen es nicht besonders, wenn ich mich abends zur Müllhalde verdünnisiere, aber sie geben mir von ihren Keksen ab und sie –«

»Juppiduh«, sagte Skink hinter mir, mit einer Stimme, aus der man deutlich heraushören konnte, dass ihn das nicht beeindruckte. Ich ignorierte ihn einfach, so gut ich eben konnte.

»Also dann … bist du gern bei den Menschen?«, fragte ich. »Ich meine, wärst du nie gern mit anderen Hunden zusammen oder so?«

»Kleiner, bei meiner Familie gefällt es mir prima«, antwortete die Hündin. »Und außerdem sehe ich die anderen Hunde aus der Nachbarschaft ständig, besonders dann, wenn ich mich ohne Leine verpiesele, so wie heute.« Sie lief jetzt etwas langsamer. »Nur manchmal …«

»Ja?«

»Manchmal träume ich nachts davon, dass ich mit diesem großen Rudel durch die Gegend laufe und dass es kein Gassigehen und keine Leine und keine Gummispielzeuge und kein ›*Runter von der Couch, altes Mädchen!*‹ gibt. Da sind dann nur wir, wir Hunde, die frei und ungebunden durch die Wälder streifen.«

»Klingt großartig«, sagte ich.

»Stimmt«, sagte die große Hündin. »Es ist ein schöner Traum. Aber, weißt du, Kleiner, das wahre Leben ist eben anders. Ein paar von den Hunden aus der Gegend und ich, wir sind eines Tages mal in den Wald abgehauen, aber das war nicht so toll. Wir bekamen nur Hunger. Wir versuchten ein Kaninchen zu fangen, aber das entwischte uns, und das Wasser, das wir tranken, war brackiges altes Regenwasser und das schmeckte, na, du weißt schon, ziemlich eklig. Und weißt du, was ich gemacht habe?«

»Was?«

»Bin den ganzen Weg nach Hause gerannt, hab mir eine Portion erstklassigen Hundeschlabber aus meiner Lieblingsschüssel reingepfiffen und mich dann vor die Heizung gelegt und gepennt.«

Die Hündin blieb stehen. Wir standen vor einem weiteren Wohnhaus.

»Endstation, Leute«, sagte sie. »Hier wohne ich.«

Kayleigh streckte die Vorderpfoten aus und beugte den Kopf, damit wir absteigen konnten. Wir befanden uns direkt unter einem dieser Laternen-Dinger, was uns die Gelegenheit gab, einander näher in Augenschein zu nehmen. Kayleigh hatte diese großen, schlappigen Ohren, die ihr zu beiden Seiten am Kopf herunterhingen. Ihr Fell war hellbraun, die Schnauze schwarz, die Zunge rosig. Sie sah richtig nett und freundlich aus, auch wenn ich wusste, dass sie anders konnte – man musste nur die Ratten fragen. Sie sah uns ein wenig verwirrt an, als sehe sie uns jetzt, unter dem unechten Laternenlicht, zum ersten Mal.

»Ich will ja nicht unhöflich sein, Jungs«, sagte sie, »aber wer oder was seid ihr? Ich meine, ihr seht fast aus wie kleine Menschen, versteht ihr? Nur mit Schwänzen.«

Skink hatte fast während des ganzen Ritts geschwiegen, aber jetzt legte er los. »Wir sehen diesen haarlosen Missgeburten KEINESWEGS ähnlich!«, rief er. »Du hast doch keine Ahnung! Du bist nur ein Kuscheltier – lebst bei den Menschen und tust tagein, tagaus, was sie dir befehlen. Ich wette, du wälzt dich auf den Rücken und spielst toter Hund, nur damit sie dir einen Keks zuwerfen ...«

»Stimmt genau ... Habt ihr damit irgendwelche Probleme?« In Kayleighs Stimme hatte sich ein bedrohlicher Unterton geschlichen und ich konnte sehen, dass sie ein ziemlich fieses Gebiss hatte.

»Absolut kein Problem«, sagte ich und stellte mich zwischen die beiden. »Mach dir um den keine Gedanken –«, ich machte eine Kopfbewegung in Skinks Richtung, der schmollend an der Gartenmauer lehnte, » – wir haben nur eine sehr anstrengende Nacht hinter uns, das ist alles.«

Kayleigh nickte langsam, und endlich kehrte dieses sonnige Lächeln in ihr Gesicht zurück.

»Na gut«, sagte sie. »Dann wollen wir uns mal ums Fresserchen kümmern, was?« Ich sah zum Wohnhaus hinüber, wo die Eingangstür einen Spalt offen stand. *Was verbarg sich hinter dieser Tür?*

»Es kann aber nur einer mitkommen«, sagte Kayleigh zu mir. »Und der muss echt leise sein. Kann nicht zulassen, dass meine Menschen dich sehen. Die kriegen Schreikrämpfe.« Es war offensichtlich, dass sie sich ihrer Familie treu verbunden fühlte.

Ich nickte und machte einen Schritt nach vorn. Irgendwie erschien es nur natürlich, dass ich derjenige war, der dort hineingehen sollte. Den anderen beiden schien es nichts auszumachen. Sie glitten in die Schatten unter der Gartenmauer, wo niemand sie sehen konnte.

»Sei vorsichtig«, sagte Schimmie.

»Sei schnell«, sagte Skink.

Kayleigh trottete auf das Haus zu. Ich folgte ihr, und dieser Gedanke zuckte in mir auf: *Ein Menschenhaus, ich gehe wirklich und wahrhaftig in ein Menschenhaus!*

14

Die große Hündin drückte die Vordertür mit der Pfote auf und wir betraten das Haus. Ich zitterte am ganzen Körper, teils aus Angst, teils weil ich so aufgeregt war. Das erste, was mir auffiel, war die hier herrschende Wärme. Der Boden unter meinen Füßen fühlte sich komisch an – sehr weich und ein bisschen wie ein Fell, nicht so hart und kalt wie der Boden draußen.

»Ganz leise«, flüsterte Kayleigh mit einem Blinzeln, dann trabte sie durch diesen langen, schmalen Raum, den sie *Diele* nannte. Links von uns folgten kurz aufeinander zwei Türen. Kayleigh sagte: »Das nennen sie das *Wohnzimmer*. Die Familie ist da drin.« Sie ging weiter durch die Diele.

Ich konnte nicht anders, ich musste einen Blick in dieses Zimmer werfen. Fünf Menschen waren darin versammelt. Sie starrten in diesen großen Kasten in der Ecke, aus dem Töne kamen und in dem man Bilder flackern sah. Das musste das Ding sein, von dem Skink erzählt hatte – wie hieß es noch gleich? – der *Fernseher*. Gerade jetzt zeigte er Bilder von einer großen Herde Elefanten, die vor einem spektakulären Sonnenaufgang herummarschierte, und dazu klimperte irgendwelche Musik. Das sah hübsch aus und kein bisschen wie der einzige Elefant, den ich je gesehen hatte, als er von einem *Wärter* an unserem *Gehege* vorbeigeführt wurde: ganz allein und mit schrecklich traurigem Blick.

Ich sah mir die Menschen in dem Raum einen nach dem anderen an. Einer von ihnen schlief und seine Brust hob und senkte sich unter diesen kleinen Schnarchlauten. Ein anderer sagte etwas – das übliche Blablabla –, erhielt aber keine Antwort. Ein paar von ihnen waren Junge, eins davon, das auf dem Boden saß, war besonders klein.

Ich erwartete, erneut die Wut gegen die Menschen in mir aufwallen zu fühlen, aber aus irgendeinem Grund blieb sie aus. Es gab so vieles an den Menschen, das ich nicht verstand – ihre Sprache, ihre Maschinen, die Kleidung und all das. Doch was mich am meisten am Anblick dieser Menschen berührte, war nicht, wie *seltsam* sie aussahen, sondern wie *vertraut*. Sie sahen aus wie beieinander sitzende Affen – eins von den Jungen kicherte wegen etwas und verzog dabei sein Gesicht, so dass ich sofort an Schimmie denken musste; einer der Großen, dessen Kopf voller weißer Haare war, streckte eine Hand aus und wuschelte damit dem Kleinen durch die Haare, was mich daran erinnerte, wie Graurücken *mir* durch das Fell zu fahren pflegte. Ein Gefühl von Traurigkeit, Einsamkeit und Heimweh überfiel mich wie ein plötzlicher, schmerzhafter Schlag in den Magen.

Ich spürte, wie jemand mich anstupste. »Hier lang«, flüsterte Kayleigh.

Ich wandte mich ab und folgte der Hündin durch die Diele zum nächsten Raum. Kayleigh deutete mit ihrer Schnauze auf dieses große weiße Ding in der Ecke.

»Das ist der Kühlschrank«, sagte sie. »Da ist Futter drin, aber du musst es dir selbst rausholen. Ich krieg die Tür nicht auf.«

Ich trollte durch den Raum und öffnete die Tür des weißen Kastens. Ein Schwall eiskalter Luft schlug mir entgegen und mitten ins Gesicht. Der Kasten war über und über mit Futter und anderem Zeugs gefüllt. Das meiste davon war mir unbekannt, aber im untersten Fach stapelte sich ein Haufen Gemüse und Obst. Ich nahm davon, so viel ich konnte, und achtete darauf, genug Bananen zu erwischen, die Schimmies Lieblingsspeise waren. Kayleigh zeigte mir, wo sie die Plastiktaschen-Dinger aufbewahrten – ihr wisst schon, wie die Menschen im Supermarkt sie getragen hatten. Ich grapschte mir eine und stopfte das Futter hinein.

»Tausend Dank für alles«, sagte ich.

Kayleigh sah von ihrer Schüssel auf, aus der sie dieses Hundefutter schlabberte. Ich fand, dass es ekelhaft stank, sagte aber nichts. Sie strahlte und nickte und sagte: »Viel Glück bei eurem Vorhaben … was auch immer das ist.«

»Ich weiß es selbst nicht genau«, sagte ich bedrückt. »Von der Menschenwelt hab ich keine Ahnung.« Ich fühlte, wie diese heißen kleinen Tränen sich aus meinen Augen quetschen wollten, und befahl ihnen, zu bleiben, wo sie waren, bevor ich sauer wurde.

Kayleigh schlabberte einfach den nächsten Bissen Hundefutter und legte nachdenklich die Ohren an.

»Am Ende der Straße wohnt eine gute Freundin von mir«, sagte sie endlich. »Die ist ziemlich schlau.« Dann fügte sie hinzu: »Sie ist Schäferhündin, weißt du«, als ob damit alles erklärt wäre.

»Und?«

»Na ja, einmal nahm meine Familie mich zu diesem großen Gebäude mit und leinte mich draußen an. Dort hab ich dann Della kennen gelernt, diese Freundin. Wir kamen ins Gespräch und ich fragte sie, was für ein Haus das sei, in das meine Familie verschwunden war. Della sagte, man würde es *Bibliothek* nennen, und dass man dort praktisch alles finden kann, was die Menschen wissen. Wenn man will, schätze ich.«

»Aber was genau ist eine Bibliothek?«

»Weiß nicht so richtig«, sagte die Hündin. »Meine Familie hatte mich ja draußen gelassen. Ich glaube, da sind diese Dinger drin, die sie *Bücher* nennen. Einmal hab ich versucht, eins zu essen, aber es schmeckte nicht und meine Familie war deswegen ziemlich vergrätzt. Na ja, vielleicht kannst du mehr damit anfangen.« Und sie erklärte mir, wo die Bibliothek zu finden war.

Ich lächelte und schlang meine Arme um den dicken, zotteligen Hals der Hündin. »Kayleigh, du bist fantastisch«, lobte ich sie.

»Wo hab ich denn das schon Mal gehört?«, sagte sie. Dann widmete sie sich wieder ihrem Futter, aber mir blieb nicht verborgen, dass sie mit dem Schwanz wedelte.

Die Plastiktasche mit dem Futter in der Hand, schlich ich mich zurück in den langen Dielenraum. Ich war noch nicht weit gekommen, als ich dieses Geräusch hörte – einer der Menschen im Wohnzimmer sagte etwas und stand auf. Schritte näherten sich der Tür. Ich überlegte, ob ich die Flucht nach vorn antreten sollte, aber die Wohnzimmertür war mir im Weg. Um in die Küche zurückzulaufen, war die Zeit ebenfalls zu knapp. Also rannte ich diese Stufen-Dinger hinauf, die *Treppe* genannt werden.

Die polternden Schritte des Menschen folgten mir über die Treppe nach oben. Ich sah mich um – hier oben gab es drei Türen, die in verschiedene Zimmer führten. *Welche sollte ich nehmen?* Ich hastete auf die mittlere zu. Es war ein kleines Zimmer, an dessen Wänden all diese bunten Bilder und wo von der Decke irgendwelche Sachen herunterhingen. Und es gab ein Fenster, das einen Spalt offen stand. Ich lief darauf zu, hörte aber im selben Moment die sich draußen nähernden Schritte. Langsam und knarrend öffnete sich die Tür. Keine Zeit, am Fenster emporzuklettern und zu verschwinden. Ich huschte in dieses große dunkle Ding in der Ecke, das voller Menschenkleidung war.

Schon hatte der Mensch das Zimmer betreten. Es war ein Weibchen und es – Verzeihung, *sie* – trug das kleinste von den Jungen auf dem Arm. Das Kind sah ganz kuschelig und verschlafen aus, seine Lider waren schwer und der Mund wollte gar nicht aufhören zu gähnen. Mein Versteck war gut gewählt, niemand sah mich, während ich selbst durch einen Spalt im Holz nach draußen spähen konnte.

Das erwachsene Weibchen legte das Junge auf dieses große flache Ding, das mir nicht gerade wie eine besonders gemütliche Schlafstelle vorkam – kein Vergleich mit einem Platz zwischen Ästen und Zweigen. Dann fing das Weibchen mit sanfter Stimme zu sprechen und schließlich zu singen an.

»Bla, bla, blablabla, bla …«

Natürlich hatte ich keine Ahnung, was sie da sagte, aber es lag etwas Liebevolles und Beruhigendes in den Worten. Ich nahm an, dass sie das Junge in den Schlaf sang, und einmal mehr stellte ich verwundert fest, wie sehr Menschen und Affen einander doch glichen. Die Affenmütter des *Stammes* wiegen und singen ihre Jungen auch in den Schlaf – ich erinnerte mich sogar dunkel daran, wie meine Mutter dies vor langer Zeit mit mir getan hatte, es ist diese Art von Erinnerung, die nur im Halbschlaf zu dir kommt und bei der du dich warm und aufgehoben fühlst.

Es dauerte nicht lange und das Junge atmete langsamer und flacher, so dass ich annahm, dass es eingeschlafen war. Jedenfalls stand das erwachsene Weibchen auf, warf einen letzten Blick auf das Junge und verließ das Zimmer. Zeit für mich, hier abzuziehen – wie man die Schale von einer Banane zieht, hätte Schimmie gesagt. Also kroch ich aus meinem Versteck und trollte auf das Fenster zu. Ich hatte den Raum schon halb durchquert, als dieses kleine Stimmchen ertönte.

»Hallo.«

Es war das Menschenkind – das Kleine, von dem ich geglaubt hatte, dass es eingeschlafen war. Tja, das war es nicht! Es saß aufrecht, ein Lächeln in seinem kleinen Gesicht, und starrte mich an.

»Wer bist du?«, fragte der kleine Mensch.

Ich blieb wie angewurzelt stehen. Versteht ihr, es waren gleich zwei Dinge komisch daran, dass dieses Menschlein mich angesprochen hatte. Erstens schien es weder erschrocken noch überrascht zu sein, denn es stellte ganz einfach eine freundliche Frage – als wäre es die normalste, alltäglichste Sache der Welt, einen fremden Affen in sei-

nem Zimmer zu sehen. Und zweitens – und das machte mich wirklich baff – hatte es *gesprochen*. Womit ich meine, dass ich es wirklich verstehen konnte! Dieses Menschlein sprach die *Wahre Zunge* – die Sprache aller Tiere.

»Äh ... ich heiße Gis.«

»Ich bin Megan und das hier ist mein Zimmer.« Das kleine Menschenkind lächelte so süß, wie sonst nur Affenbabys lächeln. Es hielt mir dieses witzig aussehende Ding entgegen – es sah aus wie ein Bär, aber als ich es anfasste, war es ganz weich und kuschelig. Ich war mir nicht ganz sicher, was ich damit anfangen sollte – ich schnüffelte daran und schüttelte es, ohne dass etwas passierte. Das kleine Menschlein Megan kicherte, als es sah, was ich da machte – *hihihihi*!

»Was hast du da in deiner Tasche?«, fragte es.

Ich betrachtete schuldbewusst die Plastiktasche in meiner Hand. »Nur Futter.«

Mit einem Ohr lauschte ich, ob sich nicht wieder menschliche Schritte dem Zimmer näherten. Um nichts auf der Welt wollte ich hier erwischt werden. »Ich muss jetzt ... äh ... gehen.« Ich zeigte auf das Fenster und machte einen Schritt darauf zu.

Ein besorgtes Runzeln erschien auf der Kinderstirn. »Wenn du willst, kannst du Teddy mitnehmen«, sagte das Kind.

Ich hatte immer noch keine Ahnung, was dieses ganze Teddygemache sollte, aber ich wusste, dass der Teddy diesem kleinen Menschenkind eine Menge bedeutete. Ich lächelte und sagte: »Nein danke ... Ich glaube, der bleibt besser bei dir.«

Und ich gab dem Menschlein das Ding zurück. Ganz kurz streiften sich unsere Hände, die fast dieselbe Größe hatten, und plötzlich musste ich denken: *Sie sind nicht anders als wir.* Ich ging näher an das Fenster, das gerade weit genug für mich geöffnet war, um mich hindurchquetschen zu können.

»Wie kommt es, dass ich deine Sprache verstehe?«, sagte das Menschenkind. »Ich meine, ich kann meine Mum und meinen Daddy einigermaßen gut verstehen, aber nicht so gut wie dich. Wie kommt das?«

Ich glaubte die Antwort zu kennen. »Vor langer, langer Zeit beherrschten die Menschen noch die *Wahre Zunge*, aber irgendwie haben sie ... sie vergessen und dann in anderen Sprachen miteinander geredet. Aber wenn du noch ganz klein bist – ich meine, bevor du die Menschensprache lernst und alles andere vergisst –, dann kennst du noch die *Wahre Zunge.*« Ich war mir nicht ganz sicher, ob das richtig war, aber es fühlte sich richtig *an*, und das war mir gut genug.

Mit einer Hand zog ich mich am Fenster empor, in der anderen hielt ich die Plastiktasche. (Klingt schwierig, aber wir Affen stellen uns bei so etwas ganz pfiffig an.)

Ich schaute zurück. »Du musst jetzt wieder schlafen«, sagte ich zu dem Menschlein. Dann fügte ich hinzu: »Ich wünsche dir Träume vom Wunderland«, denn das sagen die Affenmütter ihren Jungen zur Schlafenszeit.

Dann zog ich mich aus dem Fenster in die kalte Nachtluft. Sie war nicht nur kalt, sie war auch nass. Es hatte zu regnen begonnen – dieses beständige Nieseln, das mit einem leichten Zischen auf den Boden fällt. Ich warf einen letzten Blick ins Haus zurück und sah Megan, die mir mit einer Hand zum Abschied winkte und mit der anderen dieses Teddy-Ding festhielt. Ich winkte nur einmal zurück, dann schwang ich mich vom Fenster fort und klammerte mich an dieses lange Röhren-Ding, das vom Hausdach bis hinab zur Erde lief. Von dort nach unten zu gelangen war keine große Kunst und schon spürte ich wieder festen Boden unter den Füßen. Ich sah mich um.

»Hier drüben«, wisperte es aus der Dunkelheit.

Skink und Schimmie kauerten noch immer unterhalb der Mauer. Der Regen hatte sie völlig durchweicht. Ich trollte mich zu ihnen und rüttelte dabei mit der Plastiktasche, um ihr dieses hübsche kleine Knistern zu entlocken. »Futter«, sagte ich. Schimmie bekam runde Augen.

Aber hier konnten wir nicht fressen – das Laternenlicht war zu hell. Wir liefen die Straße ein Stückchen weiter hinab und versteckten uns in irgendeinem Garten zwischen ein paar Büschen. Es war eine gute Wahl – hier konnten wir nicht nur in aller Ruhe fressen, sondern waren auch vor dem Regen geschützt.

Wir begannen uns die Hälse vollzustopfen.

15

Es war genug für alle da. Jeder aß seinen Teil und dann schoben wir noch mal nach. Um uns herum ertönte das sanfte Zischen des Regens. Unter den Büschen saßen wir recht trocken, doch hin und wieder platschte uns einer dieser fetten Regentropfen ins Genick. Keiner sprach, jeder von uns war auf das Futter und aufs Fressen konzentriert. Aber es schien auch so, als wäre jeder mit seinen ganz eigenen Gedanken beschäftigt. Skin hielt den Kopf gesenkt.

Schließlich schaute er auf. Unsere Augen trafen sich und wir begannen beide gleichzeitig mit denselben Worten zu reden. »Ich hab nachgedacht und –«

»Du zuerst«, sagte er.

»Nein, du.«

Skink holte tief Luft. »Ich hab nachgedacht, während du im Haus warst und … ich möchte mich bei dir entschuldigen.« Aller Antrieb war aus seiner Stimme verschwunden. Skink klang müde. Er klang geschlagen. »Als ich in eurem Gehege ankam, wusste ich, was für ein Ort das ist – nicht mehr als eine Art besonders großer Zoo. Und ich wusste, dass ich verrückt werden würde, wenn ich dort bliebe …«

Er hielt inne und wartete darauf, dass ich von selbst auf den Rest kam. Es dauerte einen Moment, bis ich begriff.

»Du hast Kalibak und den *Rat* mit Absicht gereizt, oder? Du hast genau gewusst, was du tust. Und all das Gerede von wegen das Krokodil aufsuchen und anschließend zurückzugehen …«, sagte ich. »Das war meine Idee, dir war das ganz gleichgültig. In Wirklichkeit wolltest du nur, dass jemand dir hilft, aus dem Gehege zu flüchten. Du wusstest, dass wir nie zurückkehren würden, stimmt's?«

Skinks Kopf sank noch tiefer. »Ich wusste, dass *ich* nicht zurückkehren würde«, sagte er. »Aber ich wusste nicht, wie die Dinge sich entwickeln würden. Ich wollte, dass ihr eure eigene Entscheidung trefft. Das musst du mir glauben, Gis.«

Ich hatte keine Ahnung, was ich ihm noch glauben sollte. Skink fuhr fort. »Aber es stimmt nicht, dass ich alles schon vorher gewusst habe. Ich kannte mich mit Zoos und dem Zirkus aus und all das, aber ich könnte dir nicht sagen, was du eigentlich wissen willst. Ich kann dir nicht sagen, woher du stammst. Ursprünglich, meine ich.« In sein Gesicht war dieser verlorene Ausdruck zurückgekehrt – dieser Ausdruck, auf den ich im Auto einen kurzen Blick erhascht hatte.

Ich wusste, dass ich wütend auf ihn sein sollte, aber ich war es nicht. Ich hatte schon längst keine Wut mehr, weder auf Skink noch auf die Menschen. Auf seltsame Art fühlte ich mich stärker als je zuvor, nicht mehr wie der kleine verängstigte Affe, der ich bisher gewesen war. Ich kann das nur schlecht erklären – es fühlte sich eben einfach anders an.

»Ich gehe zu einem Ort, der *Bibliothek* genannt wird«, sagte ich endlich und es überraschte mich, diesen neuen, zielbewussten Unterton aus meiner eigenen Stimme herauszuhören. »Seid ihr dabei?«

Sowohl Skink als auch Schimmie nickten – wir würden diese Sache gemeinsam bis zum Ende durchstehen. Ich griff nach der Tasche mit den Essensresten und ging los, hinaus in den Regen. Wir sprangen über den niedrigen Zaun zurück auf die Straße.

Wie Schatten huschten wir durch die verregneten dunklen Straßen. Es war spät, kein Mensch ließ sich blicken. Einmal kam ein Auto vorbei, aber es war ein Leichtes, uns zu ducken und nicht entdeckt zu werden. Mein ganzer Körper tat mir weh, aber ich zwang mich zum Weiterlaufen. Es hätte so gut getan, auf einen schönen Baum zu klettern – einen, den ich schon mein Leben lang kannte – und sich dort einfach zusammenzurollen und zu schlafen. Es hätte so gut getan, zu Hause zu sein. Aber ich wusste, dass ich nicht aufgeben konnte – nicht jetzt.

Es war nicht weit bis zur Bibliothek, genau wie Kayleigh gesagt hatte. Es war ein großes, niedriges Gebäude, ein wenig abseits der Straße gelegen und von kleineren Baumgruppen umgeben. Wir gingen näher. Ein Großteil der Fenster reichte bis zur Erde, aber sie waren alle mit Schutzgittern abgesichert.

»Kein Problem«, sagte ich und zeigte in die Höhe. Etwas weiter oben gab es ein ungesichertes Fenster, durch das wir eindringen konnten, und, noch günstiger, in dessen unmittelbarer Nähe befand sich ein Baum, von dem aus wir uns hinüberschwingen konnten. Ich ließ meinen Blick suchend über den Boden huschen, bis ich fand, wonach ich suchte – einen schönen großen Stein. Ich hob ihn auf und steckte ihn in die Plastiktüte.

»Hier lang«, sagte ich und begann den Baumstamm zu erklimmen. Es fühlte sich gut an, endlich wieder Rinde zu spüren – und noch besser, sich wieder in den Ästen eines Baums aufzuhalten. Ich sah zu den beiden anderen Affen hinab. »Kommt schon«, sagte ich. Plötzlich durchfuhr mich der Gedanke, dass etwas sich verändert hatte: Zum ersten Mal war *ich* es, Gis, der den anderen sagte, was sie zu tun hatten.

Während Skink und Schimmie sich am Stamm hochzogen, kletterte ich bereits über einen dicken Ast in die äußeren Zweige. Dort holte ich den Stein aus der Tasche, hob ihn über meinen Kopf, zielte sorgfältig und warf ihn direkt in das Fenster. Ein lautes Krachen ertönte, gefolgt von Klirren, als ein Scherbenregen auf die Erde niederging.

Ich legte den Griff der Plastiktasche um meinen Hals und ließ sie über meinen Rücken hängen. So hatte ich beide Hände frei. Dann stürmte ich über den Ast, sprang ab und klammerte mich an den Fenstervorsprung. Ich zog mich hoch und stocherte eine verbliebene Scherbe aus dem Rahmen.

»Gut.« Ich drehte mich zu den anderen um, die inzwischen auf dem Ast hockten. »Jetzt seid ihr dran.«

Es war nicht weiter schwierig, durch das Fenster ins Innere zu gelangen. Seitlich hingen diese Seil-Dinger herab, mit deren Hilfe die Menschen vermutlich die oberen Fenster öffnen und schließen. Die kletterten wir einfach herunter, eine Hand nach der anderen.

Und dann waren wir drinnen. Es gab hier Tausende und Abertausende dieser Dinger, die sie *Bücher* nennen, alle schön geordnet in Reihe um Reihe von Regalen. Ich ließ meine Finger über ein paar Buchrücken gleiten, als ob schon diese bloße Berührung ausreichte, ihre Macht auf mich zu übertragen.

»Und in jedem von ihnen steht etwas anderes drin?«, fragte ich. Das erschien mir unglaublich. Ich zog ein Buch heraus. »Was ist das für eines?« Auf der Außenseite befand sich ein Bild von einem riesengroßen Fahrzeug – ein wenig glich es einem Auto, nur war es viel größer und es trieb auf Wasser. Es war so groß, dass die Menschen auf dem Bild winzig wie Ameisen wirkten.

»Das ist ein *Schiff*«, sagte Skink. »Schiffe können direkt über die Meere fahren.«

Mir entfuhr ein erstauntes Keuchen. Ich sah zu Schimmie hinüber, der sich in einer Ecke des riesigen Raums zusammengekauert hatte – für seine Umgebung hatte er keinen Blick übrig.

Ich ging zu einem anderen Regal. »Und dieses hier?«, fragte ich Skink. Die Außenseite zeigte diesen Menschen, der Hut und Mantel trug. Er hielt etwas in einer Hand, von dem Skink sagte, es sei ein kleines Gewehr.

»Wahrscheinlich nur eine Geschichte. Die Menschen denken sich gern irgendwelche dummen Geschichten aus.«

Ich ging weiter von Regal zu Regal, zog Bücher heraus, ohne auch nur von einem einzigen zu wissen, wovon es handelte oder welche Geheimnisse es barg. In ein paar von ihnen blätterte ich herum, stieß aber nur auf dieses schwarze Geschnörkel der menschlichen Schrift, das mir nichts bedeutete. Mir kam ein deprimierender Gedanke – selbst *wenn* die Antwort sich in dieser Bibliothek befand, wie sollten wir sie dann jemals finden?

Aber Skink hatte noch nicht aufgegeben. Er ging von einem Regal zum nächsten, bis er fand, wonach er suchte. Er zog ein Buch heraus, hockte sich auf den Boden und begann es durchzublättern.

Ich ging zu ihm. »Hast du es gefunden?«, fragte ich.

Er hob das Buch an, damit ich es sehen konnte. Es war ein Bild von einem Affen drauf, der aber nicht zu unserer Art gehörte – dieser hier hatte eine große rote Nase, die ich unter anderen Umständen ziemlich witzig gefunden hätte.

Ich stellte mich hinter Skink und sah ihm über die Schulter, während er weiterblätterte. Die Seiten waren voll von Bildern der verschiedensten Affenarten – Gibbons, Schimpansen, Gorillas, Orang-Utans und so weiter.

Es war erstaunlich, so viele verschiedene Arten auf einmal vor sich zu sehen. Dann blätterte Skink eine Seite um, und ich starrte auf eine Gruppe von Affen, die aussahen wie wir. Doch etwas daran war anders – nicht an den Affen selbst, sondern an der Landschaft im Hintergrund: Nirgends war ein *Zaun* zu sehen. Stattdessen sah es so aus, als würde der ganze *Stamm*, viel größer als unser eigener, sich ungebunden in diesem weiten Buschland bewegen.

Skink sah zu mir auf. Also gab es *tatsächlich* Orte, an denen Affen wie wir in Freiheit lebten …

»Ja, aber wo ist das?«, fragte ich.

Skink zuckte die Achseln und blätterte um. Er keuchte laut auf, etwa so, wie man keucht, wenn man in Wasser springt, das kälter ist, als man erwartet hat. Ich betrachtete die aufgeschlagene Seite. Es zeigte ein weiteres Menschengefährt, doch dieses schwebte, hing vor der Schwärze des Nachthimmels, von nichts als kalten Sternen umgeben. Lange Zeit sagte Skink kein Wort, und als er es endlich tat, erkannte ich seine zittrige Stimme kaum wieder.

»Ich habe dir schon erzählt, dass ich in einem Tiergeschäft war, bevor ich zu eurem *Stamm* kam. Ich machte ihnen zu viele Scherereien, deshalb steckten sie mich in den Zoo.« Er seufzte. »Davor – vor dem Tiergeschäft – war ich in einem Zirkus. Wir reisten in diesen stinkenden kleinen Käfigen durch die Gegend und jeden Abend mussten wir unsere dummen kleinen Tricks vor einer großen Menschenmenge vorführen … Wir reisten von Ort zu Ort, durch die ganze Welt, aber überall zogen wir dieselbe miese Nummer ab.«

»Und davor?«

Eine lange Pause trat ein, bevor Skink weitersprach. Es war so still, dass ich das Blut in meinen Schläfen rauschen hören konnte.

»An das, was vor dem Zirkus war, kann ich mich kaum erinnern. Nur dass ...« Beinahe versagte ihm die Stimme. »Ich war woanders, sehr weit von hier. Es war ein Ort, wo es sehr eng und an dem ich ganz allein war. Da waren Menschen in weißen Kitteln, die mich fütterten, aber Affen waren keine zu sehen – nur zu hören, aus den Käfigen nebenan. Jeden Tag nahmen die Weißkittel mich raus und brachten mir Sachen bei, die ich nicht verstand – Knöpfe zu drücken und an Hebeln zu ziehen, ohne dass ich wusste, welchem Zweck das diente. Eines Tages wurde mein Käfig geöffnet und ein Mensch zerrte mich heraus und brachte mich an einen anderen Ort ...«

Auf gewisse Weise schien es, als riefe sich Skink diese Ereignisse zum ersten Mal ins Gedächtnis – als hätte bis jetzt all der Zorn, von dem er erfüllt war, diese Erinnerung verdrängt.

»Dort wurde ich festgeschnallt und dann war da dieses alles erschütternde Donnern, so laut, dass man es bis tief in den Bauch *fühlen* konnte. Ich verlor jedes Zeitgefühl. Ich weiß nicht, wie lange es dauerte, bis ich diesen Ort wieder verließ.«

»Das verstehe ich nicht«, sagte ich.

Skink lächelte grimmig. »Ich fand erst danach heraus, was sie mit mir gemacht hatten. Die Affen in den anderen Käfigen erzählten es mir. Es war ein Experiment gewesen, um den Einfluss irgendwelcher Effekte da oben zu überprüfen ...«

»Willst du damit etwa sagen ...«

»Sie müssen uns benutzt haben, weil es für sie selbst zu riskant war. Ich wurde nach oben geschickt, fort von der *Erde* und jenseits des *Himmels*, nach oben in den *Raum*. Der Affe im Nachbarkäfig sagte, er habe gehört, dass ich die ganze Welt umkreist hätte.«

Ich sah zu einem der Fenster auf, gegen das der Regen schlug.

»Ich bin mir nicht ganz sicher, was danach geschah«, fuhr Skink fort. »Noch mehr Versuche, noch mehr Weißkittel ... Aber ich begann, meine Flucht vorzubereiten. Ließ mir alle Zeit der Welt und ergriff dann die erstbeste Gelegenheit beim Schopf. Ich entkam und rannte los. Aber damals war ich noch jung und kannte mich nicht aus.

Darum wurde ich geschnappt und endete im Zirkus.«

Das Buch entglitt seinen Händen und seine Stimme verebbte, aber mehr musste er auch nicht sagen. Ich hatte verstanden. Ich wusste, dass er zum einsamsten Ort gereist war, den man sich vorstellen konnte – hinauf in die Schwärze des Nachthimmels. Es überraschte mich kaum, dass ein Teil dieser Schwärze sich den Weg in sein Herz gebahnt hatte. Ich begriff, woher Skinks Zorn gegen die Menschenrasse rührte.

Ich begriff auch noch etwas anderes – Skink hatte nie ein wirkliches Zuhause gekannt. Er war von einem Ort an den nächsten verfrachtet worden, ohne je das Gefühl gehabt zu haben, dorthin zu gehören. Während ich eine Familie und Freunde und einen Platz hatte, der *Heimat* für mich war. Ich spürte schreckliches Heimweh nach etwas, das Skink nie gekannt hatte. Ich wollte zurück nach Hause.

Ich legte ihm eine Hand auf die Schulter. Ich wusste, dass das nicht genug war. Es würde niemals genug sein.

Ich blickte auf das Buch herab, das er fallen gelassen hatte. Es lag dort, aufgeschlagen auf zwei Seiten im vorderen Teil. Natürlich wusste ich nicht, was die Schrift bedeutete, aber es war das Bild, das mir den Atem raubte. Es zeigte –

KRACH!! Die Türen zur Bibliothek flogen auf. Der Raum wurde von plötzlicher Helligkeit durchflutet und durch diese Helligkeit stürmten die *Wärter*. Sie hatten uns gefunden!

16

Vier oder fünf von ihnen stürmten in die Bibliothek. Es war nicht schwer zu erraten, wie sie uns auf die Spur gekommen waren – wahrscheinlich durch den Lärm des eingeschlagenen Fensters. Unter den dröhnenden Schritten ihrer schweren Stiefel verteilten sie sich über den Raum. Einige von ihnen schleppten große Netz-Dinger, mit denen sie uns vermutlich einfangen wollten, die anderen trugen diese Gewehr-Dinger.

Ich packte mir das Buch, in dem Skink gelesen hatte, und stopfte es in die Plastiktasche. Dann versetzte ich Skink einen kräftigen Schubs in den Rücken, um ihn aufzurütteln, und rief: »Lauf!« Erst rührte er sich nicht von der Stelle, doch dann sirrte ein Pfeil aus einem der Gewehre gegen die hinter uns liegende Wand und er setzte sich in Bewegung.

Wir sprangen auf das erstbeste Bücherbord, von dort auf das nächste und das nächste, bis wir oben auf dem Regal angekommen waren. Ich schätzte, dass wir von Regal zu Regal bis zu dem eingeschlagenen Fenster springen konnten. Aber was war mit Schimmie? Ich sah zu der Ecke des Raums, in der er noch eben gehockt hatte. Keine Spur von ihm – hatten sie ihn schon eingefangen? Nein. Plötzlich erblickte ich diesen dunklen Schatten, der unter lautem, hohem Geschrei über den Boden stürmte. Es war Schimmie.

»Schimmie!«, rief ich. »Hier geht's lang!«

Aber Schimmie war verwirrt. Er lief mal in diese Richtung, überlegte es sich sofort wieder anders und stürmte dann in jene. Die zwei *Wärter*, die zwischen den Regalen hinter ihm hervorsprangen, bemerkte er gar nicht. Jeder der beiden hielt die Seite eines weit zwischen ihnen aufgespannten Netzes. Ich stieß einen warnenden Schrei aus, aber zu spät. Bevor Schimmie wusste, wie ihm geschah, war das Netz auch schon über ihm. Er kämpfte wie ein Wahnsinniger, um sich daraus zu befreien, doch ohne Erfolg – das Netz zog sich nur noch fester um ihn zusammen. Schließlich gab er auf und blieb still liegen.

»Schnell!«, rief ich Skink zu. Wir begannen über das Regal zu laufen. Als wir den Rand erreicht hatten, hechteten wir durch die Luft auf das nächste und rannten weiter. So arbeiteten wir uns, ein Regal nach dem anderen, quer durch den Raum. Die Menschen brüllten einander Anweisungen zu, immer wieder zerrissen Gewehrschüsse die Luft, während wir dem Fenster näher und näher kamen.

Wir wollten gerade auf das nächste Regal springen, als vor uns dieser *Wärter* in einer Lücke auftauchte. Er verengte die Augen zu Schlitzen und legte sein Gewehr an. Doch noch bevor er richtig zielen konnte, holte ich aus und angelte mir einen Stapel Bücher aus dem obersten Regalfach. Ich schmiss sie ihm direkt entgegen. Jetzt machten sich all die Jahre bezahlt, in denen ich mit Dreckklumpen nach Schimmie geworfen hatte. Ich traf den Menschen mit voller Wucht, das Gewehr glitt zur Seite. Ich war so begeistert, dass ich der ersten sofort eine weitere Salve von Büchern folgen ließ. Der Wärter duckte sich, er hob schützend die Arme über seinen Kopf und gab diesen Schrei von sich, eine Art Autsch! Ich hätte noch mehr Bücher nach ihm gepfeffert, sah aber schon die nächsten *Wärter* auf uns zu stürmen. Ich trieb Skink weiter an.

Über einen *Wärter* sprangen wir einfach hinweg, auf das nächste Regal, von dort aus weiter zum Fenster. Dann hatten wir die Wand erreicht

DARWIN

und Skink hangelte sich an dem Seil empor. Ich folgte ihm, so schnell ich konnte, und zog mich auf den Fenstervorsprung. Dort angekommen, drehte ich mich noch einmal um und sah in die Bibliothek. Einer der Menschen zeigte erbost auf mich und rief den anderen etwas zu, BLABLABLA! Plötzlich wusste ich, was ich zu tun hatte.

Ich reckte mich und machte mich so groß, wie ich nur konnte. Dann stieß ich diesen wahnsinnig lauten, trotzigen Schrei aus – JIPIEHHHH! –, dessen Echo sich in der Bibliothek fing und der mehr ausdrückte, als ich je hätte in Worte fassen können. Ich hüpfte herum und kicherte und vollführte einen kleinen Tanz. Ich weiß nicht, warum ich das tat, es kam mir einfach richtig vor – Skink hätte so etwas tun können. Als ich mir sicher war, dass alle Menschen mich gesehen hatten, sprang ich nach draußen in den Regen und in die Dunkelheit.

Ich hatte erwartet, dass Skink nach unten flüchten würde, aber er war schon auf halbem Weg zum Oberteil des Gebäudes, das man *Dach* nennt. Ich folgte ihm. Das Klettern war einfach – es gab jede Menge guten Halt für Hände und Füße und binnen kürzester Zeit waren wir auf dem Dach angekommen. Ich sah Skink auf dem Boden sitzen, keuchend und mit angezogenen Knien. Er sah verkühlt, elendig und nass aus, doch mehr noch als das wirkte er klein und verängstigt. Kaum zu glauben, dass dies derselbe Affe war, den ich auf dem Rücken eines Löwen gesehen hatte, über beide Ohren grinsend, und dessen Silhouette sich vor dem Mond abzeichnete. Doch der Mond war nur noch eine Erinnerung – jetzt gab es lediglich die Dunkelheit und den Regen, und wir saßen auf dem Dach eines Hauses in einem uns fremden Land.

Auf dem Dachfirst gurrten ein paar Tauben empört über die Störung durch die Eindringlinge. Ich sagte ihnen, sie sollten die Klappe halten, und ließ mich an Skinks Seite sinken. Er sah nicht einmal auf.

»Gute Idee«, sagte ich. »Die werden nie darauf kommen, hier oben nach uns zu suchen.«

Keine Antwort. Dann endlich: »Ich weiß nicht, was ich machen soll …«

Ich zog das Buch aus der um meinen Hals hängenden Plastiktasche. »Ich will dir etwas zeigen.« Ich schlug die richtige Seite auf und zeigte darauf – auf das Bild, das ich gesehen hatte, als Skink das Buch entglitten war.

»Sieh mal.« Das Bild zeigte die Umrisse aller

möglichen Affenarten. Und da, unter all den anderen, waren die Umrisse eines Menschen zu sehen.

»Verstehst du nicht?«, sagte ich. »Sie sind kein bisschen anders als wir! Wir sind alle miteinander verwandt ...«

Skink schüttelte den Kopf, als würde er mir nicht glauben, aber ich ließ nicht locker. »Ich hab dir noch nicht erzählt, was mir in diesem Wohnhaus passiert ist. Da hat ein Mensch mit mir gesprochen – ein kleines Mädchen. Sie hat in der *Wahren Zunge* mit mir geredet und ich konnte verstehen, was sie sagte! Ich konnte sehen, wie sie sich in ihrem Haus benehmen – sie sind genau wie wir! Sie wissen *nicht* alles und manchmal tun sie böse Dinge. Doch da ist auch Gutes in ihnen, genau wie in uns.«

»Aber es ist *ihre* Welt«, sagte er. »Wo ist da noch Platz für uns?«

»Das stimmt nicht!«, rief ich. »Die Welt ist riesig groß und die Menschen regieren sie nicht überall, selbst wenn sie glauben, das zu tun. Du kannst überall hingehen, tun, was du willst ... Von allen Affen solltest *du* das am besten wissen!«

Ein winziger Funken Interesse flackerte in seinen Augen auf.

»Niemand kann dir vorschreiben, wer oder was du zu sein hast. Sollten wir heute Abend nicht auf dem Speisezettel der Löwen landen? Das ist nicht passiert, dank dir.«

Skink rieb sich das Kinn. »Ich schätze, ich könnte wirklich eine kleine Reise unternehmen«, sagte er. »In eine wärmere Gegend, wo es nicht andauernd regnet wie hier, eine wie auf diesem Bild. Wer weiß?«, sagte er. Und dann schenkte er mir dieses altbekannte breite, strahlende Grinsen. Es tat gut, das wieder zu sehen. »Ich ... äh ... ich nehme an, du hättest keine Lust, mich zu begleiten?«, fügte er hinzu.

Ich schüttelte den Kopf. »Ich weiß jetzt, wo ich hingehöre. Zu meinem Stamm – meiner Familie und meinen Freunden. Überleg doch mal, was würde denn Schimmie ohne mich machen? Ich werde zurückgehen.«

Skink nickte, als hätte er diese Antwort erwartet.

»Aber«, fügte ich hinzu, »ich bleibe noch so lange bei dir, bis du in Sicherheit bist. Danach werde ich mich stellen. Abgemacht?«

Skink tätschelte mir freundschaftlich den Kopf. »Abgemacht«, sagte er.

Ich warf einen letzten Blick auf das Bild in dem

Buch – das Papier war bereits vom Regen aufgeweicht und man konnte kaum noch etwas erkennen. Ich ließ es dort oben auf dem Dach, sollten die Tauben darüber gurren und dann machten wir uns auf den Weg.

17

Wir sahen an einer Seite des Dachs herab. In der Straße unter uns stand ein Transporter geparkt. Er musste den *Wärtern* gehören – was bedeutete, dass wahrscheinlich Schimmie darin eingesperrt war. Wie zur Bestätigung traten jetzt die *Wärter* aus der Bibliothek und bildeten eine kleine Gruppe neben dem Transporter. Sie beratschlagten darüber, wie sie weiter vorgehen sollten.

»Zur anderen Seite«, sagte Skink. Wir liefen über den Dachsteg und sahen nach unten. Hier befand sich keine richtige Straße, sondern nur eine Art Weg, der schmal und dunkel zum nächsten Gebäude führte (ich glaube, das richtige Wort dafür ist *Gasse*). Falls wir dort unten steckenbleiben, würde es riskant werden, aber uns blieb keine Wahl.

Also kletterten wir an der rückwärtigen Wand des Bibliotheksgebäudes hinab. Dicht über dem Boden ließen wir uns fallen. Ich wartete eine Weile, bis meine Augen sich an die Lichtverhältnisse in der Gasse angepasst hatten. Dann sagte ich: »Welche Richtung?«, aber Skink legte bloß einen Finger an die Lippen.

Im nächsten Moment wusste ich, warum. Wir waren nicht allein in der Gasse; aus unmitelbarer Nähe erklangen Atemgeräusche. Mein erster Gedanke war, dass es hier Ratten gab, und mein Herzschlag setzte aus. Doch es waren keine Ratten. Das Geräusch wurde von einem einzelnen Tier verursacht, und dieses Tier war größer als eine Ratte.

Dann sahen wir die vor der Hauswand liegende Gestalt. Was war das? Wir schlichen vorsichtig näher, bereit, im nächsten Moment herumzuwirbeln und die Flucht anzutreten.

Die Gestalt bewegte sich. Sie wälzte sich auf die Seite und gab diese gewaltigen Schnarchlaute von sich, und plötzlich war es mir klar – das hier war ein Mensch. Aber was machte der hier? Sollte er nicht in einem *Bett* in einem *Wohnhaus* schlafen oder so etwas?

Wir schlichen noch näher. Der Mensch war in mehrere Lagen Kleidung gewickelt und lag unter einer Art Windschutz. Seine Augen waren fest geschlossen, das Gesicht war verschmutzt und voller von Müdigkeit gezeichneter Falten. Seine Lider flatterten und ich wusste, dass er träumte. *Wovon?*, fragte ich mich. *Vermutlich mehr oder weniger von denselben Dingen, von denen wir alle träumen. Vielleicht träumte er sogar davon, wie es war, wenn man ein Zuhause hatte.*

Skink gab mir ein Handzeichen – er wollte die Futtertasche haben, die noch immer um meinen Hals hing. Ich gab sie ihm und er beförderte eine Banane ans Licht, die vorletzte aus der Tasche.

Was hat er damit vor?, wunderte ich mich. *Eine Art Kunststückchen?*

Aber es war kein Kunststück. Skink legte die Banane behutsam neben dem Menschen auf den Boden. Er bemerkte, dass ich ihn anstarrte. »Ich hab gerade keinen besonderen Hunger«, sagte er und plötzlich wusste ich, dass Skink durchkommen würde.

Dann liefen wir los, ins Dunkel der Gasse hinein. Wir bogen nach links ab, dann nach rechts. Der Regen hatte aufgehört, doch die Luft war immer noch schwer und feucht. Langsam holte mich die Erschöpfung ein, aber ich wollte sicherstellen, dass Skink einen ausreichenden Vorsprung bekam – anschließend würde ich zur Bibliothek zurückgehen und mich den *Wärtern* stellen …

Zumindest war das der Plan. Doch dann bogen wir um die nächste Ecke … und dort kamen uns drei der *Wärter* entgegen. Sie hielten diese Helle-Licht-Dinger in den Händen – *Taschenlampen* – und leuchteten uns direkt damit an, blendeten uns, so dass wir kaum etwas sehen konnten. Einer von ihnen rief den anderen etwas zu. Wir wollten schon kehrtmachen und den Weg zurücklaufen, den wir gekommen waren, doch jetzt erklangen auch aus *dieser* Richtung Schritte – die übrigen

Wärter. Meine Hände suchten die Mauer nach Halt ab, um daran emporzuklettern, aber ohne Erfolg, die Oberfläche war glatt, die Mauer zu hoch. Unmöglich, sie zu erklimmen. Wir saßen in der Falle.

Als die Menschen näher kamen, meldete sich wie ein ungebetener Gast das alte Angstgefühl in mir zurück. Doch dann fiel mein Blick auf Skink, plötzlich wusste ich, dass ich ihnen nicht erlauben durfte, ihn zurück in die Gefangenschaft zu bringen, und die Angst wich einem anderen Gefühl.

Es blieb nicht einmal genug Zeit, um mich von Skink zu verabschieden. Ein ohrenbetäubender Schrei löste sich aus meiner Kehle – *Iaaaaaaaaarrrrghhhh!* – und ich stürzte auf die Menschen zu. Einer von ihnen ging auf die Knie und brachte sein Gewehr in Anschlag – ein weiteres lautes KRACK ertönte und diesmal verfehlte der *Wärter* sein Ziel nicht. Etwas Scharfes biss mir in die Schulter, tausend Mal schlimmer als ein Insektenstich. Mir wurde schwindelig, um mich herum schien die ganze Welt sich zu drehen. Zu schlafen, einfach nur zu schlafen war plötzlich die verlockendste Idee der Welt, aber ich wusste, dass ich dieser Versuchung nicht nachgeben durfte – noch nicht. Ich zwang mich zum Durchhalten.

Als ich nahe genug war, warf ich mich den drei Menschen in hohem Bogen entgegen. Mit gebleckten Zähnen, mit Händen und Füßen wie ein Wahnsinniger um mich schlagend, landete ich auf dem ersten von ihnen. Einer der anderen versuchte mich fortzureißen, doch mit einem gewaltigen Satz in die Luft landete ich auf *seinem* Kopf, griff zu und hielt plötzlich ein Büschel Haare in der Hand. Die *Wärter* waren größer als ich und sie waren stärker als ich – sie waren zu dritt und nicht zuletzt waren sie *Menschen* - aber ich kämpfte wie ein tollwütiger Affe. Dann ein weiterer Schuss, KRACK, und der zweite Pfeil erwischte mich, diesmal direkt in die Brust, und dann war da nichts mehr …

… nur noch der …

… Wunsch zu …

… schlafen …

Als ich erwachte, schmerzte mein Kopf. Er fühlte sich an, als sei der *Große Baum* auf ihn gestürzt. So vorsichtig wie möglich setzte ich mich auf. Ich befand mich in einer Art kleinem Käfig, nur wo ich war, konnte ich nicht sagen.

»Schön, dich wiederzusehen, Flohgesicht«, sagte eine Stimme von weiter vorn.

Schimmie! Der kleine Affe steckte im Käfig gegenüber. Aus seiner Stimme sprach Erleichterung darüber, mich zu sehen – eigentlich klang er wieder ganz wie der Alte.

»Wo sind wir?«, fragte ich. Mein Gehirn war ziemlich umnebelt.

Schimmie erklärte es mir. Wir befanden uns im Laderaum des Transporters der *Wärter* und hatten den Parkplatz vor der Bibliothek noch nicht verlassen. *Sie sind immer noch hinter Skink her*, dachte ich. Es gab nur dieses eine Fenster in der Rückwand des Wagens und ich musste mir den Hals verrenken, um nach draußen sehen zu können – und erspähte nur die Umrisse einiger Häuser auf der anderen Straßenseite. Mir fiel auf, dass der Himmel sich langsam aufhellte. Der Morgen war nicht mehr fern, bald würde die Dunkelheit verschwunden sein – wir waren schon seit geraumer Zeit hier, ohne uns von der Stelle bewegt zu haben. Ich hoffte, dass Skink inzwischen über alle Berge war.

»Dann geht es also zurück ins *Gehege* …«, sagte Schimmie.

»Zurück nach Hause«, stimmte ich ihm zu und fühlte keinerlei Reue bei dem Gedanken.

Wir hörten ein paar Geräusche – KLAPP,

KLAPP! –, gefolgt von gedämpften Menschenstimmen aus dem Vorderteil des Transporters. Der Motor des Wagens stotterte und hustete bei dem erfolglosen Versuch anzuspringen.

»So geht das schon seit einer Ewigkeit«, erklärte Schimmie.

Ein weiteres KLAPP verriet mir, dass einer der *Wärter* die Vordertür des Wagens zugeworfen hatte. Vor dem Fenster in der Rückwand schoben ein paar Köpfe vorbei. Einer der Männer musste sich gebückt haben, denn er verschwand für kurze Zeit aus meinem Blickfeld. Als er wieder aufstand, hielt er etwas in der Hand ... etwas Gekrümmtes, gelb und schwarz. Und plötzlich wusste ich, was passiert war. Ich begann zu kichern.

»Was ist los?«, fragte Schimmie. »Was ist das?«

Der Mensch hielt eine Banane in der Hand und er sah aus, als schäumte er vor Wut. Skink musste sich angeschlichen und die letzte Banane aus der Plastiktasche in den Auspuff des Wagens gesteckt haben.

»Das ist der Abschiedsgruß eines guten Freundes«, sagte ich. Und ich lächelte.

Ich hob den Kopf ein Stück höher und sah nach draußen. Für einen winzigen Augenblick glaubte ich einen Schattenriss zu erkennen, der sich vor dem Nachthimmel abzeichnete – da war etwas Kleines, Schwarzes, Lebhaftes. Vielleicht bildete ich mir bloß ein, es zu sehen – man kann ja nie wissen –, aber ich finde den Gedanken schöner, dass es keine Einbildung war.

Diesmal sprang der Motor ohne Probleme an.

»Glaubst du, dass sie ihn kriegen werden?«, fragte Schimmie, als der Transporter sich in Bewegung setzte.

Ich überlegte eine Weile – Skink der Löwenbändiger und Krokodilreiter; Skink der Affe, der gesehen hatte, was die wenigsten Menschen je sehen würden und der zur Erde zurückgekehrt war, um ihnen ein oder zwei Lektionen zu erteilen. Ich dachte an sein schelmisches Grinsen und an das grimmige Funkeln in seinen Augen.

»Sie haben nicht die geringste Chance«, sagte ich.

18

Es war ein gutes Gefühl, wieder beim Stamm zu sein – ein gutes Gefühl, dem Geschnatter und Gequassel der alten Affen zu lauschen, während die jüngsten herumtollten und alle in den Wahnsinn trieben; oder die Babys zu sehen, die sich auf den Rücken ihrer Mütter festklammerten. Es war ein gutes Gefühl, wieder zu Hause zu sein, auch wenn ich wusste, dass die Dinge nie wieder so sein würden wie früher.

Natürlich wurden Schimmie und ich sofort vor den *Rat* zitiert. Es gab nichts, das sie nicht von uns wissen wollten. Kalibak zog eine riesige Schau ab und machte auf wütend, weil wir die *Regeln* gebrochen hatten, aber es war eben nicht mehr als das – eine Schau. Es war klar, dass alle dachten, wir wären von Skink für seine Zwecke eingespannt worden, weshalb uns keine Schuld traf. Die Bestrafung jedenfalls fiel nicht besonders hart aus – in den kommenden zwei Wochen hatten wir bei den Mahlzeiten zu warten, bis alle sich genommen hatten, und mussten uns mit den Resten begnügen. Wir kamen also glimpflich davon, wenn auch unter einer Bedingung: Wir durften niemandem von unseren Erlebnissen erzählen. Kalibak wollte nicht, dass irgendjemand auf dumme Gedanken kam. Für Schimmie war das kein Problem – er wollte ohnehin alles so schnell wie möglich vergessen.

Kurz nach der *Ratsversammlung* gab es Mittagessen. Das Futter war gerade ins *Gehege* gebracht worden und jeder Affe war mit Fressen beschäftigt. Eigentlich wollte ich sofort Graurücken aufsuchen, doch da war noch etwas, das ich vorher erledigen musste. Schimmie bot mir seine Hilfe an, aber ich lehnte ab. Dies hier war ganz allein meine Sache. Er nickte, als würde er verstehen, und ich glaube, dieses eine Mal verstand er wirklich.

Ich ging ins Zentrum des *Geheges*. Blok ausfindig zu machen, war nicht besonders schwierig. Er hockte mit seinen Spießgesellen zusammen und stopfte sich den Hals voll. Ich machte einen kleinen Umweg, damit er mich erst im letzten Moment auf sich zukommen sah. Dann baute ich mich direkt vor ihm und dem kleinen Futterhaufen auf, den er bewachte.

Zuerst versuchte er, auf hart zu machen. »Ach, der kleine Gis ist wieder da?«, höhnte er und schob sich ein großes Stück Apfel zwischen die Zähne.

Blok war groß und stark wie eh und je, aber irgendwie wirkte er jetzt anders auf mich. Ich wunderte mich darüber, jemals Angst vor ihm gehabt zu haben. Wie beiläufig ließ ich meinen Schwanz zucken. »Du bist davongelaufen«, sagte ich ruhig. »Du hast uns beim Krokodil im Stich gelassen ...« Es war weder eine Frage noch eine Anschuldigung. Es war eine Feststellung.

Natürlich konnte Blok es niemandem durchgehen lassen, als Feigling bezeichnet zu werden, schon gar nicht vor all seinen Kumpanen. Er sprang auf, warf sich in die Brust, legte die Ohren an und fletschte die Zähne.

Es ließ mich kalt – nach allem, was ich durchgemacht hatte, fand ich es sogar ein bisschen lächerlich. Ich kann das nicht genau erklären, aber ich fühlte eine neue, unbekannte Kraft in mir, die auch Blok nicht verborgen blieb. Ich ging auf ihn zu und ließ mir dabei alle Zeit der Welt. Blok war drauf und dran, einen Schritt vor mir zurückzuweichen. Ich bückte mich und nahm eine große, reife Banane von seinem Futterhaufen.

Nach den *Regeln* war das natürlich das Schlimmste, was man tun konnte – die denkbar schrecklichste aller Beleidigungen. Aber Blok griff mich nicht an und ich sah ihm an, was ihn davon abhielt – in seinen Augen flackerte die Angst. Ich biss genüsslich das obere Ende der Banane ab.

»Nicht übel«, murmelte ich und stopfte mir den Rest in den Mund. Alle sahen mir beim Kauen zu, dann schluckte ich die Banane hinunter.

»Sieh dich bloß vor, Gis«, schnarrte Blok, doch wir wussten beide, dass er etwas in der Richtung sagen musste, um vor seinen schwachsinnigen Freunden das Gesicht zu wahren.

»Keine Sorge«, sagte ich und blinzelte ihnen allen freundlich zu.

Blok trollte sich, gefolgt von seinen Kumpanen. Und genau in diesem Moment wusste ich, dass ich nie wieder Ärger mit Blok haben würde.

Natürlich hatte Graurücken alles beobachtet. Für einen kleinen alten Affen, der nur wenig herumkommt und der von sich behauptet, kaum noch etwas sehen zu können, entging ihm erstaunlich wenig. Er saß drüben bei den Hütten und beobachtete mich. Ich lief zu ihm.

»Schön, dass du wieder da bist, Jungchen«, sagte er. Damit ich ihn nicht für sentimental hielt, fügte er hinzu: »Ich hab schlecht gegessen, während du unterwegs warst – dachte schon, ich würde mich irgendwann selbst in Rosenkohl verwandeln, so viel hab ich von dem Zeug gefuttert.« Er zauste mir über den Kopf, wie ich es den alten Menschen in dem Wohnhaus hatte tun sehen.

»So … dann warst du also im Land der Menschen, was?«, sagte er.

Ich nickte und schaute mich vorsichtig um, ob wir beobachtet wurden. Wie ich schon sagte, hatte ich Kalibak das Versprechen geben müssen, niemandem von meinen Erlebnissen zu berichten. Es war ein Versprechen, das ich zu halten gedachte … mit einer Ausnahme. Ich erzählte Graurücken alles – alles, was wir getan, alles, was wir gesehen hatten.

Der alte Affe kratzte sich an seinem ergrauten Kinn, dann sagte er: »Weißt du, am stärksten von allem haben mich ihre Maschinen beeindruckt – sie haben Maschinen, in denen sie durch die Gegend reisen, und Türen, die sich selbsttätig öffnen, und sie haben diese kleinen Dinger, durch die sie mit ihren meilenweit entfernten Freunden sprechen können. Es ist fast so, als müssten sie gar nichts mehr selber machen!«

»Genau«, stimmte ich zu. Und plötzlich ging

mir auf, was Graurücken da erzählte. Um die Lippen des alten Affen tanzte eine kleines Lächeln.

»Moment mal! Dieser Affe«, keuchte ich. »Dieser Affe, der damals fortgelaufen ist … Das warst du, oder?«

Graurücken gab keine Antwort – das war auch nicht nötig. Stattdessen sagte er: »So, nachdem wir das nun endlich hinter uns gebracht haben, wendest du dich vielleicht wieder den wichtigen Fragen des Lebens zu.« Er schlenderte langsam davon und ließ mich dort stehen. Ich hörte ihn etwas über seine schmerzenden alten Knochen murmeln, bevor er über die Schulter rief: »Dann also bis zum Abendessen, Jungchen!«

Und das war's. Meine Geschichte liegt hinter mir, genau dort, wo der Schwanz eines jeden Affen hingehört. Drei Monate sind vergangen, seit ich wieder bei meinem *Stamm* bin. Alles ist wie immer … und doch hat alles sich verändert, versteht ihr? Schimmie ist noch immer derselbe verrückte kleine Affe und mein bester Freund, aber wir ziehen nicht mehr gemeinsam los, um auf den Autos herumzuspringen. Sollen die jüngeren Affen das machen.

Ich blicke auch kaum noch über den *Zaun*. Wozu auch? Wie es aussieht, gibt es wichtigere

Dinge, über die ich mir Gedanken machen muss. Kalibak wird dem *Rat* nicht für alle Zeiten vorstehen können. Nicht mehr lange und ich werde erwachsen sein und ich habe da so eine Ahnung, dass ich es bin, der den *Stamm* dann anführt. Nein, es ist mehr als eine Ahnung – ich *weiß*, dass ich *Anführer* sein werde. Ich spüre es in den Knochen, so wie die alten Affen es spüren, wenn Regen bevorsteht. Und *wenn* ich erst Anführer bin, werde ich dafür sorgen, dass sich einige Dinge ändern. Ich freue mich schon darauf.

Während ich euch all das erzähle, sitze ich auf dem *Großen Baum*, um der alten Zeiten willen – an derselben Stelle, von der aus ich früher die Welt betrachtet habe. Die Strophe eines Lieds drängt sich in meine Gedanken und ich summe sie unwillkürlich vor mich hin. Ich lächele, als ich sie wiedererkenne. Ich werfe einen letzten Blick über den *Zaun* und frage mich, wo er jetzt wohl ist und was er so treibt und welchen Unfug er gerade wieder anstellt.

»Nimm zu Sim 'ne Banane von mir mit«, singe ich laut in den Wind.

Dann springe ich von meinem Ast und lasse mich zu Boden gleiten, denn es ist Essenszeit und ich bin hungrig.

Anmerkung

Die Affen in dieser Geschichte sind Rhesusaffen – auch Rhesus-Makaken genannt. Es sind zähe kleine Affen, die in ganz Südostasien und auf dem indischen Subkontinent beheimatet sind.

Teils wegen ihrer Zähigkeit, teils weil sie dem Menschen in vielerlei Hinsicht gleichen, wurden Rhesusaffen für medizinische Versuche und experimentelle Studien häufiger verwendet als jede andere Affenart.

Einige Affen wurden sogar für die ersten Versuche in der bemannten Raumfahrt benutzt. Im Jahr 1959 schickte man einen Rhesusaffen namens Abel gemeinsam mit einem weiteren Äffchen, Miss Baker, in der Nase einer Rakete ins Weltall. Als sie von ihrer 10000 Meilen währenden Reise zurückkehrten, waren beide Affen wohlauf, aber Miss Baker machte ihrer Meinung zu der ganzen Angelegenheit Luft, indem sie ihren Wärter in die Hand biss.

Noch in den achtziger Jahren – dem Zeitalter

der Space Shuttles – wurden diese Experimente mit Tieren fortgesetzt. Die NASA entwickelte das sogenannte ›Rhesus-Projekt‹, um die Auswirkungen des Aufenthalts im Weltall auf Rhesusaffen zu untersuchen.